名家小写文集

风在土地上吹过

晓寒 —— 著

 北京联合出版公司
Beijing United Publishing Co.,Ltd.

图书在版编目（CIP）数据

风在土地上吹过 / 晓寒著 . -- 北京 : 北京联合出
版公司 , 2024. 8. -- (名家小写文集). -- ISBN 978
-7-5596-7906-2

Ⅰ . I267

中国国家版本馆 CIP 数据核字第 2024WJ9545 号

风在土地上吹过

作　　者：晓　寒
主　　编：张海君
出 品 人：赵红仕
出版监制：张晓冬
责任编辑：张　萌
特约编辑：和庚方　张　颖
封面设计：立丰天

北京联合出版公司出版
（北京市西城区德外大街 83 号楼 9 层　　100088 ）
三河市同力彩印有限公司印刷　新华书店经销
字数 260 千字　710 毫米 ×1000 毫米　1/16　13 印张
2024 年 8 月第 1 版　2024 年 8 月第 1 次印刷
ISBN 978-7-5596-7906-2
定价：65.00 元

目　录

捕蛇人

一

　　阳光是在我看它的时候突然静止的，我看见它落在田垄、草甸、屋顶和树叶上，然后很快停止了、不动了，这时候风升起来，从牛羊的皮毛上缓慢地升起，被省略过的风，穿过低垂的树冠之后，带走窸窣的碎响，又一个秋天在村庄里沉淀了。

　　父亲吃饭比我快，把碗筷一丢坐在门口抽烟，他抽烟充满了仪式感，该准备的东西一样不少，烟杆、火笼、装满烟丝的铁皮烟盒，还有一大杯浓茶，杯子没有盖子，热气像一蓬乱草从太阳下往上长。他把烟丝填满烟斗，用拇指压了压，伸进火笼里，烟斗受热以后，吱吱地冒着烟油。父亲的烟瘾很大，他正在抽的是第五袋，也可能是第六袋。就在几天前，父亲的鬓角毫无悬念地白了，对天天衔着的那个发亮的铜烟嘴开始感到吃力，他的脸憋得通红，腮帮子鼓得老高，他粗重的呼吸已经掩饰不住他对时间的愤怒和无奈。烟经过长长的烟杆时嗞嗞地响着，我对那种声音已经习以为常，虽然它的响起，意味着我要做好准备招架那股呛人的草烟味，但一旦少了它，我便觉得身边一无所有，只有一片空。

　　地坪里晒着谷，薄薄的一层，铺在晒簟里，一共六床，为了不让风吹走，晒簟的每个角上都压着一块石头。这些都是前几天才收回来的晚稻，收稻子要看天，天不好会沤坏，沤坏了就不能吃了，只能喂猪。所以都趁天好抢着收，到处兵荒马乱的，收回来的稻子往往还夹带着稻叶、泥土，或者几只虫子，一条没来得及逃跑的四脚蛇，这些很像是有意为之，以便给每一粒谷子打上一块田垄的烙印，田垄是它们血脉的源头。

阳光安静地贴在晒簟里，被晒簟切割成一个个标准的长方形，谷子正在做一个梦，这个梦可能与田垄有关，也可能与秋天有关，它默然不语，以自己的安静应和着阳光的安静，这种安静仿佛突然把村庄抽空，村庄向草木、鸟虫、天空，向所有窥伺的目光毫无保留地敞开了自己，一切像刚刚被解放，有一种藩篱尽撤的感觉。我被这张空静的背景呈现出来，我感受到村庄的浩瀚，另一种空茫和辽阔，仿佛刹那间把自己丢进了秋日的高原，我是高原耸立的路标，我的身边一无所有，束在腰间的是那一圈长着白色绒毛的好看的天际线。

几只鸡来得不是时候，不知从哪里冒出来的鸡，咯咯地叫着，两只爪子轮流在晒簟里扒拉，左边一下，右边一下，谷子在爪子下乱飞一气。它们在找虫子，这个季节，把鸡都给宠坏了，变得奢侈而挑剔，谷子吃腻了，非得欢蹦乱跳的虫子才能下咽。

父亲沉浸在自己的烟雾里，世界对父亲来说显得多余，这个世界提供的一切好东西，他都不需要，吃的、穿的、用的就像是生活的一根下划线。他像原始人一样活着，他的精气神好像都来自那缥缈的烟雾。母亲洗完碗筷从灶屋里出来，看到鸡在晒簟里闹腾，眉头很快皱了起来，"看看你，只晓得抽烟，也不赶一下鸡"。父亲好像这时才看到鸡在晒簟里，他将烟斗在地上重重地磕了几下，烟斗磕在地上发出嗒嗒的声音，烧焦的烟灰纷纷扬扬。他喝了口茶，清了下嗓子，打一个喔嗬，鸡吓得东倒西歪，像被一阵风赶进了田垄。

狗开始叫，调子拉得很长，像在吊嗓子。两三声铺垫过后，直切主题，一只狗的叫声导出了很多狗的叫声，空气骤然间被一群狗搅得纷乱起来，我知道有人进村了。我曾经有过怀疑倾向，我怀疑很多事物，但我从没怀疑过一只狗的忠诚，几乎每一只狗，都是负责任的狗。我透过狗叫声望去，果然看到有人走来，第一拨三个，紧接着来了第二拨，两个，后面还来了好几拨，有三个的，也有五个的。

他们的打扮显然不合时宜，大晴天里穿着高筒雨靴，一只手拿着一根长长的树杈，另一只手拿着一个蛇皮袋，没拿蛇皮袋的，提着一只铁笼子，笼子不大，像电视里关鸟的笼子，不过鸟笼都是用藤条或者篾丝编织的，透着草木的暖意，他们手里的笼子不同，铁丝细密，看上去坚硬、冰冷、压抑，似乎暗示着一种危险和罪恶。

我只瞥了一眼，就知道他们是外村人，他们的脸就是一块招牌。我并不知道他们是干什么的，我只隐约地感到，他们的造访，带着某种使命。母亲说这些都是捉蛇的人。母亲说这话时语气平静，我猜母亲可能在此之前已经见过他们了。

母亲的话说得够直接了，但我就是一时没有转过弯来。记忆里，没有人喜欢蛇，它们给村庄带来种种的不幸，吓得人魂飞魄散，偷吃小鸡、屋檐下的乳燕和鸡刚下的蛋，把人和牲畜咬伤、咬死，这些事不止一次在村庄里发生。它们带来的只有恐惧、伤害、猎杀、泪水，好像没有除此以外的更多内容。人们像躲瘟神一样远远地躲开，怎么还会有人大老远地跑来追逐一场劫难呢？

你还不晓得呀，母亲大概想消除我的疑惑，一斤能卖几十元哩！这时候母亲手上的水珠还没干，她挥舞着双手，水珠随着她的手被甩到空中，她的声音突然大了起来，眸子里迸溅着亮光，她的样子滑稽可笑，好像眼前就摆着几十块钱，而那几十块钱最终将归她所有。母亲和父亲不同，虽不至于见钱眼开，但一直在和贫穷较着劲儿，她的世界出奇的纯粹，就是让一家人过上好一点的生活，她为此下过血本，起早贪黑，养过猪、养过牛，种过药材、烧过木炭、挑过石灰，去镇子上卖过山货，她像个男人一样，什么赚钱就干什么。生活有时候就是蛮不讲理，直到她老了，干不动了，她所寄寓的世界还处于一个雏形的状态。这一次母亲的表情显然过于夸张了，但我最终还是在心里原谅了她。我想起她的过去，想起我在学校上一天班，也凑不满十块钱。

农忙假的几天，每天都能看到捕蛇人的到来。我对他们并不感兴趣，我的时间只够紧锣密鼓地应付自己，再分不出多余的部分来插足捕蛇人的生活。如果说对他们有一点印象的话，就是他们像钟表一样守时，每天进入村庄的时候，我们不是正在吃午饭，就是刚刚吃完。

突然有一天，弟弟在饭桌上说他也要去捉蛇。弟弟的理由很充分，听起来无懈可击。村庄里这么多蛇，为什么要让给外面的人捉，自己不去捉？

村庄里的蛇确实多，你在路上漫不经心地走着，有可能就有一条蛇突然钻到你面前，头一抬，脖子一耸，送你一件见面礼——一脑门的汗水外加一身的冰凉。村庄里到底有多少种蛇，我估计没有人知道，光我见过的就有很多种，乌梢蛇、菜花蛇、金环蛇、银环蛇、竹叶青、棋盘蛇、眼镜蛇，还有我没见过的，或者见过叫不出名字的。

我小时候怕狗，但自从被蛇吓过以后，我恐惧的重心产生了彻底的偏移，我觉得一只狗的愤怒是可以忽略的。我第一次被蛇吓到是在田里扯早秧，快到吃饭的时候，一条拳头粗的菜花蛇不知从哪里溜到田里，它竖起大半截身子，嘴巴张开，露出血红的上颚，开叉的舌头，像一根魔桩一样向我飞一样靠近，吓得我把秧一丢，没命地蹿到了田埂上。第二次是在夏天的中午，我干活渴了，放下锄头去喝水。小溪里积满了淤泥，淤泥上长满了水草，看上去一片青芜。我太渴了，也没细看，跳进小溪弯下腰拼命地喝水，等我喝饱水站起来转过身，看到不远处有一条棋盘蛇，它将身子盘成一圈，足足有脸盆那么大。它埋着头，一动不动，用一种近乎愚蠢的安静伪装闪电般地出击，等待对它而言是一种幸福，因为希望有可能就在下一秒怒放，仅仅为了等待那呼啸的一刻，压在身子下的水草已经由碧绿变成了枯黄。我离它不到一尺的距离，我感觉从它身上袭来一股阴风，一直穿透我的骨髓。我不知从哪里来的力气，像一只狗一样跃上河岸，裤子被树枝划烂了，我努力地站直我的身子，却无法控制双腿的颤动。

这时候，邻居正好路过，他大概发觉了我的异样，问我怎么了，我指了指小溪说，有一条很大的棋盘蛇。邻居闻声走过来，看到蛇后他显得很高兴，他笑着说这是一条不错的蛇，他要我把锄头拿给他。我把锄头送到他手里，他一手拿着锄头压住蛇的脖子，另一只手从裤腰上取下钥匙扣，我看到他的钥匙扣上有一把明晃晃的小剪刀。他拿着小剪刀向蛇的脑袋靠近，得剪掉它的毒牙，剪掉了就没事了。他一边说一边把剪刀伸进蛇的嘴巴里，蛇被激怒了，拼命地摇晃着三角形的脑袋，嘴里发出咝咝的声音，雪白的毒牙瞬间暴露出来。邻居没费什么功夫就剪掉了蛇的毒牙，表情轻松，动作熟练，看来他已不是第一次干这种事情。好了，他把锄头丢在一边，一手捏住蛇的脖子，另一只手抓着蛇的腹部，不用怕了，现在它变成一条泥鳅了。邻居打了个哈哈，我回去把它剖开晒成干，能卖一笔钱。邻居抓着蛇晃晃悠悠地走了。我仍旧站在那里没动，我觉得刚才的一切就像幻觉，都说蛇毒，没想到人更毒，我一边庆幸今天逃过了一劫，一边又感到对不住这条蛇，它没有伤害我，而因为我，它却受尽了折磨丢掉了性命。

这两次经历在我心头播下了恐惧的种子，扭曲的豹纹、血红的芯子、爬行时 S 形的线条，以及眼睛里闪烁的诡异之光，这些表象连同它牵连的隐蔽，潮湿、阴暗、冰冷，无一不带给我尖锐的惊悚。假期外出干活，我对村庄总会严加戒备，晚上非得出门，我也会穿上雨靴，带上雪亮的电筒，我用全副武装来安慰我内心的恐惧。

正因为这两次经历，我第一个反对弟弟去捉蛇。父亲也坚决反对，他用筷子把饭碗敲得当当响，他说一条命有一条命的活路，你去要它们的命做什么。母亲的语气缓和一些，她说做什么都是赚钱，我们不赚这个钱。我想母亲说这话时内心应该是纠结的，她知道捉蛇赚钱，她同时也知道捉蛇是个危险的活。

我们的反对还是没有起到作用，弟弟执意要去捉蛇，他丢下饭碗，穿上高筒雨靴，找了个蛇皮袋和一根树杈，加入了捕蛇人的行列。他临走时说，我只捉乌梢和菜花。我们都知道，这两种是无毒蛇，就算被咬到，顶多挨下痛、流点血，没有什么大的妨碍。

二

弟弟成了村庄里第一个捕蛇人，他每天吃完午饭就出门，夹在那些捕蛇人当中，沿着田垄往上走，田垄呈阶梯形往幽深的山里掘进，开出一条条的支岔，如果折合成里程的话，大概是十来里的样子。

田垄里，草垛堆了起来，大大小小的草垛散落在田间，干燥的草垛，持续地吸附着阳光，储存着这片土地上最后的温暖。草垛与草垛之间，整齐地分布着高高的稻茬，一脚踩上去，便倒向软绵绵的田泥，脚一松又弹了回来，有时候稻茬被齐跟踩断，从脚底传出细碎的响声。田埂、沟渠和空地上覆盖着马兰、丝茅、小蓬草、水蓼、车前草，它们结着籽开着花，像铺了一床印着古典花纹的被子。蛙们早已不知去向，秋虫已经偃旗息鼓。农人已不再下地，牛羊也只是找一处向阳的坡地躺着，等待着暮色从身后涌来，把它们送回家。村庄善解蛇意，特意为蛇精心准备了这一片空旷和静谧。

很多蛇从隐秘处进入这片空静里，它们躺在草垛和杂草上，或者拦腰趴在田埂上，头和尾巴留在田里，它们努力地打开自己，将身子变成一根直线，有些像调皮的孩子翻过身来，露出雪白的肚皮，让每一寸肌肤接受阳光的沐浴。霜降过后，它们会告别地面深入洞穴，开始一个冗长的梦。所以想趁这个当儿，享受地平线上最后的温暖。奢华的阳光把它们变得呆滞、疲惫、无力，连爬行的时候也是一副呆头呆脑的样子，一改往日的风驰电掣，这正给了捕蛇人可乘之机，所以这也是捕蛇人的黄金季节，他们只需沿着田垄走，把目光盯着草垛和草甸，一趟下来就会有不菲的收获。

捕蛇人分两类，拿蛇皮袋的是捉无毒蛇的，这种蛇价格相对便宜，主要是用来食用。提铁笼子的是捉毒蛇的，毒蛇价格比无毒蛇要高一倍，用来泡酒或者烤成干做药材，据说对风湿之类的疾病势如破竹。

捕蛇人的到来，颠覆了村庄的秩序，开始了一场没有硝烟的战争，这是一场终结者的巅峰对决。捕蛇人想方设法终结蛇的生命，而蛇保命的最好的办法，不是逃跑，而是终结捕蛇人的生命。残忍、伪装、欺骗、杀戮，这些埋伏在人蛇深处的原始的野性，瞬间被搅动激活，在古老的村庄，在史书上称之为阡陌的地方疯狂地上演。其实说穿了，这是一场力量悬殊的博弈，结果几乎是捕蛇人完胜，一条条的蛇被装进蛇皮袋或者铁笼子里，它们的命运由此而彻底地改变。

弟弟捉蛇并不怎么顺利，头两天都是空手而归，不过他好像并不着急，他说我两天都看到蛇了，但没搞赢手脚，让它跑了。他还说再看到说什么也不会让它们跑了。到第三天傍晚，弟弟回来时把蛇皮袋往地上一丢，捉了三条蛇，他说。他从门角里拿出那把老秤一称，六斤多一点，这意味着能卖近二百块钱，差不多抵我一个月的工资。弟弟脸上堆满了得意的神色，他解开系着蛇皮袋口的绳子，意思是要把蛇放出来，让我们检验一下他骄人的成绩。我及时制止了他的行为，我害怕这些蛇在深夜里唤醒我恐怖的记忆。他重新把绳子系上，脸上露出鄙夷的神色。我好像还听到他嘀咕了一句，就几条菜花，不知怕什么？

第二天一早，弟弟将蛇送到小镇上卖了，他买了半边猪头和一瓶浏阳河小曲回来。猪头便宜，是家里平时改善伙食的首选。浏阳河小曲是很少买的，属于高档酒，得五块多一瓶。午饭很丰盛，有酒有肉，但吃得并不愉快，我默默地扒着饭，用余光瞄一下父亲，他绷着一张脸，母亲虽然脸色平静，也没有要说话的意思。只有弟弟高兴，喝了几杯酒后，脸红了，话也多了起来："听说野猪窝有条十几斤的菜花，我去找找，兴许能碰上。"弟弟还说，"等我捉蛇搞到钱了，就给家里买头牛，像李保他们家那样的牯牛。"李保家的牛是村庄里力气最大的，我们家那头牛在一次意外中摔死了，父亲一直在攒钱买牛，但一直没有攒够。

接下来弟弟每天几乎是空手而归，有时候能抓到一两条蛇，但个头不大，卖不了几个钱。有一天我下班回家很久后，弟弟才回来，他的样子把一家人吓得不轻。衣服上到处粘着田泥，裤子上还破了几道口子，手上留下一条条的血痕，脸色十分难看。我们都以为他摔跤了，问他，他不肯说。草草地洗过澡后，连晚饭也没吃便睡了。

到了第二天晚上，母亲告诉我，弟弟在野猪窝碰到他说的那条菜花蛇了，他把那条碗口粗的蛇按在稻田里，他以为这次捡了个便宜，没想到蛇像藤缠树一样，一圈一圈地缠在弟弟身上，越缠越紧，弟弟开始感到呼吸困难，但他不舍得放掉手里的蛇，他在田垄里拼命地打滚，试图让蛇松开，但一点作用也没有，他想过咬蛇一口，他听说过蛇最怕人咬，但一直没找到机会，最后不得不松手放行。虽然是母亲的转述，但我依然能感到那场面的惊心动魄，听得我背上出了一层冷汗。

经过这样一吓，弟弟再也不敢去捉蛇了，他脸上往日那种骄矜的神色变成了淡淡的落寞。我怀疑弟弟是打肿脸充胖子，事实上他的胆子并没有那么大。但我却没有资格去揭穿他，我在想如果我不是有一个工作，我会不会想尽办法战胜对蛇的恐惧，成为村庄里又一个捕蛇人？我一直没有勇气给自己一个答案。

三

鹞子是怎么成为捕蛇人的，没有人知道。我想大概和弟弟的情形差不多，突然蹦出一个念头，然后操起家伙加入到了捕蛇人的行列，成了村庄里第二个捕蛇人。

我听鹞子隔壁的邻居说，鹞子打算去捉蛇的头天和他父亲吵了一架，那时候已吃过晚饭，秋虫的叫声带着凉意从屋顶上落下来。他们从屋里吵起，吵到屋坪里，惊动了左右的邻居。他父亲挥舞着一把锋利的镰刀，一刀比一刀凶地砍向灰暗的夜色，他说："你去捉蛇我就剁掉你的手。"鹞子说："我捉蛇赚了钱加一间屋，加了一间屋就不捉了。"他父亲听了这话丢了镰刀，坐在门槛上发呆，鹞子知道，父亲已经默许了他的选择。

鹞子和父亲住着两间屋，一间做饭，另一间睡觉。他们家原来有三间屋，在一夜大雨中倒了一间，后来想修起来，但手里没钱，一直没修。他们就住在那个狭小的空间里，以至于看起来它像在藐视你，阻止你的进入，一个人可以使这屋子显得拥挤，两个人便可以塞满它，你几乎不可能在其中移动，除非你把身体缩成最小的尺寸，只有那样，你才能开始呼吸，才能感觉到屋子在扩张。屋子里堆满了各种东西，桌椅、衣服、碗筷、农具，横七竖八，随时保持着一种摇摇欲坠的感觉，似乎一不小心，它们就会倒下来，把你整个儿淹没。偶尔有人找他父子俩有事，也从不进屋，只是在外面吆喝一声，然后隔着门窗说几句话。

得到父亲的默许，鹞子像找到了一根应急支柱，揣着心里的想法走上了捉蛇的路。鹞子不是他的名，是外号，他胆子大，手脚灵活，河里的鱼，只要看到了，他准能摸上来。鹞子捉蛇和别人不同，不用树杈，他看到蛇，把手伸直，一把抓住蛇的尾巴，以最快的速度往空中一提，等蛇反应过来要咬他，头已经无力返过来了。他用这个办法捉无毒蛇，也捉毒蛇，他说这个办法快捷安全，不像人家用树杈，反应慢，给了蛇逃跑的机会，没叉中部位还容易被蛇咬。

鹞子对无毒蛇并不感兴趣，他一心想捉毒蛇，毒蛇价钱高，他说他仔细算过了，只要捉二十斤毒蛇就能把一间屋修起来。他走的地方也和一般的捕蛇人不同，专门挑没有太阳的地方，河沟、干涸的水渠、荒草滩，老树下，毒蛇出来晒太阳的少，习惯盘踞在这些阴暗潮湿的地方。

我周末放假，总能看到鹞子，他提着一个自己编织的铁丝笼子，不大，但很深，看上去有一种深渊的感觉。他沿着一条干涸的水沟走着，边走边听，当他听见一些什么，便再度聆听，然后他等待着、观察着，等待着。然后他好像看见一些什么，就再度观察，再度聆听。他告诉我，毒蛇在一个地方待久了，会散发一股难闻的气味，有时候还会发出一种啸叫，像婴儿嘶哑的啼哭。他是一个聪明人，迥异于其他的捕蛇人，我从他的身上看到了一种职业素养。我相信，鹞子不管做什么，都应该是一把好手。

每天吃过中饭，鹞子像一个幽灵一样在村庄里游荡，他挣脱太阳的光区，不放过每一处潮湿阴暗，他走走停停，一会儿弯下腰，一会儿站起来，观察、倾听、嗅闻，他调动了所有能调动的视觉听觉嗅觉和感觉，像一个入侵的夜盗，在村庄里搜寻属于他的宝藏。鹞子不肯轻易坐下来歇息，他一直被时间追逐，时间像一个加速的法轮，每转一圈，他就闻到寒冷的气息近了一分，仿佛看到白霜从田垄和草垛上突然冒了出来。他和其他的捕蛇人一样，扮演着终结者的角色，必须赶在霜期到来之前，终结更多的蛇的生命。

鹞子做事用心，每天的收获比其他捕蛇人要好，但毒蛇毕竟占少数，抓的大部分还是菜花和乌梢，就算这样，他的收入也相当可观，他正在离他的目标一点点靠近，他希望过上自己想过的而又还没有过上的生活。他拿出积攒的钱请人打好了屋基，如果一切胜利的话，他还可以住进新房子里点燃过年的鞭炮。然后在新年村庄里耍龙灯的班子贺新屋的时候，给领头的提大红灯笼的老人递上一个喜气洋洋的红包。

不知出于什么心理，村庄里的人看不起捕蛇人，鹞子算是个特例。他们称鹞子捉蛇为一门技术，意思是不是靠土办法蛮干。有人见过鹞子捉蛇，虽然吓得不轻，但仍然掩饰不住脸上的兴奋，像捉黄蟮一样，那功夫，绝了。他们说鹞子靠这门技术，坚持几年，他家就会旺起来。只有父亲的看法不同，一次吃饭时，母亲说起鹞子赚了不少钱，都开始起新屋了，父亲默默地听着，最后用了一句俗话来表达他的观点，猎狗山中死，将军阵上亡。父亲说完这句话后，没有人再说话，饭桌上突然安静了。凡是熟识父亲的人，都没怀疑过父亲的和善，但我私下里认为，父亲这句话说得有些刻毒，虽然他只是信口而出，并没存什么恶意。父亲是一个活在过去的人，他的日历是倒着翻的。母亲剜了父亲一眼，她这一眼又一次表达了她的不满，母亲常说，父亲是被烟熏坏了脑壳，这个家的贫穷都是因为父亲。不知父亲是默认了母亲的说法，还是觉得女人家头发长见识短，每次母亲说这话的时候，父亲都保持着一如既往的沉默。

又一个傍晚，鹞子走在回家的路上，已经记不清这是他成为捕蛇人后的第几个傍晚。那时候，凉薄的夜色开始从天而降，灰蒙蒙的炊烟在同样灰蒙蒙的屋顶蒸腾，飘荡在荒凉而略带着伤感的村庄里。快到家门口的时候，他听到嗖地响了一下，他低下头发现路边的草丛里有一条蛇，蛇的大半截身子埋在草丛里，只露出一小截乌黑的尾巴。凭他的经验，他断定这是一条乌梢蛇，这使他彻底放松了警惕，他弯下腰抓住蛇的尾巴拖出草丛，准备随手丢进打开的铁丝笼子里。蛇回过头在他手上咬了一口，他感到被针刺了一下，血很快流了出来，他并未在意，继续向家里走去。

回到家后，他感到浑身不适，将笼子提到黯淡的光线下，这时才发现咬他的并不是一条乌梢蛇，而是一条眼镜蛇，村庄里俗称扇头风。他的背上冒出一股冷汗，赶紧打发他父亲去请小镇上最有名的治蛇伤的刘郎中。刘郎中来了，村庄里的老老少少也闻讯赶了过去，围在屋子外等消息。刘郎中给鹞子处理了伤口，敷上了草药，临走时说了一句话，要做好准备，如果熬过了今晚，就没事了。

鹞子没熬过那个秋天的长夜，第二天一早，合上了他那双二十一岁的眼睛。鹞子就葬在了屋后的山冈上，他是安静地上山的，没有锣声、鼓声和唢呐声，也没有哭声，他的父亲一张脸变成了黑的，始终没流一滴泪。按村庄里的习俗，鹞子太年轻，又是凶死鬼，不配享有锣敲鼓打的殊荣。只能孤独地出发，从一种孤独走向另一种孤独。

造孽啊！回来的路上，父亲长长地叹息了一声，这一路上他没有再说过一句话。

鹞子不在了，他请人砌的屋基还在，背靠一个山包，面向一条小河，河水绕着田垄安静地向下流。等到来年春天雨水一发，它就会和鹞子的坟茔一样，爬上稀疏的青草，荡漾的春意里带着荒芜和哀凉。

鹞子做了我二十一年的邻居，夜复一夜，我想起鹞子的时候，心里就会产生一种迷惑，生活是永远不可能错的，像一本书在我们面前一页页机械地翻过，错的只能是我们，每个人都从不同的角度诠释着生活，谁是对的？谁又是错的？父亲？母亲？捕蛇人？

弟弟给自己画了一头牛，鹞子给自己画了一间房子，其他的捕蛇人呢，肯定也在心中画了一样东西，他们勾勒了什么？他们试图到达一处地方，当他们越走越远的时候，才发现通向目标的路并不存在，他们只能盲目地向前，这也意味着不知会将自己置于什么地方。命运无法确定，似乎总在转圈、回头，向着许多地方而去，永远没有尽头。

四

一场雨阻断了霜期的准时到来。

雨牵牵连连，带着发芽的意绪，从早晨延续到傍晚，从傍晚持续到清晨，一连下了三天。远山上的树叶黄了，黄着黄着就红了，一种超越极限的红，烟岚从互相交错的叶子中升起，把它们衬托得虚幻而忧伤。

毫无准备的村庄遭到一场雨的洗劫，像提前进入了春天，一切变得黏糊糊、湿漉漉的，屋顶、被子、衣服、牛羊的脊背、父亲铁皮烟盒里的烟丝都有了潮湿的味道，好像只要用力一拧，便能拧出水来。我坐在窗前翻开书准备夜读，雨水飘进了我的书页里，被打湿的词语一片模糊。我只能合上书，默默地听窗外的雨，雨噼里啪啦地敲击夜村庄，我的村庄，在夜雨的翻腾中漂浮。

第四天一早，雨停了，明艳的太阳照亮了那一片死白。

吃完午饭，捕蛇人又准时地来了，一连好几拨，他们的装束没有改变，乌黑发亮的高筒雨靴踩在布满水渍的路上，无声无息。

风在土地上吹过

一

有天经过我家旁边那片房子时，看到临街的墙上写上了大大的"拆"字，字是红色的，被一个圆圈包围着，那是判决了死刑的标志。这意味着它们剩下的日子已经不多，百多年的活着即将变成死亡，从这一刻开始，死亡是它们活在这块土地上的最后一件事情。

没多久，里面的人约好了似的一哄而散，如一股飓风卷走了草原上的羊群，转眼变得空空荡荡。一群脸色黝黑的农民工从角角落落钻了出来，戴着安全帽，拿着锤子，背着切割的机器，他们如饥饿的蝗虫一般，啃食着房子的不同部位，刨掉了门，卸掉了窗，掀翻了屋顶，这显然是开发商雁过拔毛的授意，先把能卖钱的钢筋、铝条、电线弄下来再说。房子感到莫名其妙，不知道发生了什么事情，它们一脸的无辜，任凭这些入侵者疯狂地敲打。这些粗糙的手，破坏力和它们的建设速度一样的惊人，几天的工夫房子又回到了过去，灰头土脸地暴露在高悬的天幕下。

按照常理，接下来应该是一副热火朝天的画面，动用各种机械，将房子夷为平地，把残骸拖走。不知为什么，此后两年的时间里，再没有人来理会，好像已经把它们遗忘。风雨没有因为房子丢失了屋顶和门窗而心生怜悯，还是按照既定的节奏风吹日晒，墙皮慢慢开始浮肿，点上了霉点和黑斑，直到成块地脱落。每天打那儿过，便感到从里面涌来的寥落，溅我一身的荒凉，使我不由自主地加快脚步。

它们与身边的繁华格格不入，像是突然挪到了世界的边沿，是一个世界中的另一个世界。尤其是漆黑的夜晚，空洞的门窗向我张开大口，如同骷髅的眼窝，它们似乎心有不甘，还在死命地挣扎，随时准备复活到原来的模样。

一个上午我和儿子去里面拍照，儿子说要把那些东西都拍下来，几十年后是难得的资料。我们从那扇败落的大门往里走，往日这里挂着几块烫金的牌子，保安坐在门边那间矮屋子里虎视眈眈，一扇二十四小时闪烁着红灯的电动门对周围的一切保持着高度的戒备。现在，这一切伪装都已被剥去，只留下一个布满伤痕的空空的门洞。

进去以后，我看到里面一片零乱，空地上杂乱地丢着陈旧的柜子、缺腿的椅子、脱了油漆的办公桌，这些东西已经没有了使用价值，被它们的主人毫不心痛地遗弃在这里。

野草在一些地方长了出来，墙脚、破烂的窗台，水泥地面的淤泥上，裂开的水泥缝里，能长的地方都长上了。马兰、丝茅、观音草、车前草，这些我都认识，还有一些不认识的，刚开始可能只是孤单的一株，紧接着其他的都跟着长了出来，逐渐演变成一副蔓延之势。这样的情形，很容易让人想起《聊斋》里那些荒废的园子。

这里是我常来的地方，以前从没见到过这些野草，原来这些种子一直都在我们看不见的地下蠢蠢欲动，不知期盼了多少年，才等到翻身的机会，来到了地面，见到了梦寐以求的阳光和天空。在此之前，它们一直存在，被一双双的脚踩踏着、压迫着，只能龟缩在泥土深处，发出沉重的喘息。

　　儿子忙着拍照，一会儿东一会儿西的，我独自坐在一个亭子里，这个仿古的亭子我来过不止一次，一侧有石榴，另一侧长着一大蓬芭蕉，两样平常的植物，淡化了水泥钢筋的生硬，有了一抹山光水色的柔软，这也是引我常来的原因。以前早晚拿着书到这里读，闻到的是密集的人的气息，那可能是刚刚离开的孩子遗落的汗味，笑声或者哭声，现在，人气没有了，只剩下草木的气味，还有腐败的味道，感觉突然失去了某些倚靠，一种隐隐的不安在我身边飘浮，像是深埋在地下被唤醒的乘虚而入的灵魂。

　　亭子里落满了阳光，我坐在阳光中想，我现在坐的亭子底下，也许就是某户人家的菜园、水井，是他们世代栖居的故乡，他们曾经在菜园里拔草，在水井边汲水，在大门上斜斜地靠着张望隔壁的姑娘，他们和现在的我一样，吹着同一样的风，晒着同一样的太阳，只是他们万万不会想到，在很久以后，一个并不起眼的亭子，埋葬了他们的故乡。

二

　　那片地方我不是一般的熟悉，山脚的房子是进修学校，后来又在山顶建了一所可容纳上千个孩子的寄宿制小学。解放前那里叫周家田，后面的山叫蜈蚣岭，是浏阳中学的所在地，1906 年办过浏阳简师，戊戌变法时期谭嗣同的夫人李闰在那里成立了"地方自治讲习所"，一直是个教书育人的地方，可以上溯百多年的历史。

　　这是一处热闹的所在，最多的时候有近两千人在里面吃喝拉撒，老远就能听到孩子们的笑声、哭声、歌声、读书声，从门前经过，碰巧还能听到老师训斥孩子的声音，教职工家里锅碗瓢盆的响动。

　　一些商户看中了这里的商机，争相在校门两边的门面安下身来，卖起了文具、早餐、日用品、考试资料。一早一晚，在市井里流动的小摊贩们也聚集到学校门口，摆开阵势要小把戏和门店抢生意，饮料、烧烤、冰棍、牛奶、麻辣烫，形形色色，花花绿绿，到处是游动着的黑压压的小脑袋。到了周末，门前的街道被接送孩子的车辆堵得水泄不通，执勤的交警不得不拿着喇叭反复地喊着，累得满头大汗声音嘶哑，上气不接下气。

这些声音赶走了荒凉，使一片土地变得生动起来，像人一样，有了气韵、血脉，有了喜怒哀乐。

那里有我的一个朋友，年长我不少，是亦师亦友的忘年之交，他给前来接受培训的老师讲现当代文学，是学校里的名师，业余写小说。我经常去他那儿坐坐，有时是下午，有时是晚上，他的房子离教学区远，在半山腰，不大，只一层，被几棵挂着青藤的老樟树罩着，像是一个落魄的画家遗世独立的作品。

我每次踩着那条缓慢上行的石板路去他那儿，只要我一进屋，他就会在他那间朴拙的书房里摆上酒和一碟花生米，我们在书的环绕中喝着酒，聊着最近读的书和写的东西，说着说着话就意兴阑珊了，好像再多一句也没有了。

旧的话已经说完，新的话还在酝酿，要等到下一次见面再说。趁着这个空隙，还有刚刚上来的酒意，彼此拿一本书慢慢翻，放任书页在我们的手里沙沙地响，我耽于这样一种默契，书未必在认真读，有时候甚至连一个字也没看进去，风绕过那些老樟树，不时叩响老式的木窗，时间在握着书的手里静谧安详。

他的门口有一片高高的柿子树，到了秋天柿子红了，招来一大群鸟，那些灰毛长尾巴的鸟扑腾着翅膀啄食柿子，用叽叽喳喳的鸟语，烘托出另一重幽静。

我有几次看到其中的一只嘴里衔着柿子，整个身子悬在空中，翅膀不停地扇动，场面极其骇人，我担心柿子一旦掉下来，鸟也会因为失重跟着掉到地上摔成粉末，结果可想而知，害我白白担心了几回。

这些柿子成了鸟的美食，朋友并不觉得可惜，从不去赶这些鸟，他说这是大自然赐予它们的盛宴，是它们应得的一份。这群鸟也很自觉，柿子红了就来，柿子没了就走，来得及时，走得利索，从不拖泥带水。大概它们也和人一样，知道在这块土地上，自己只是过客，不是归人。

有一个我熟悉的老师，曾经带着他上初中的女儿找我帮她改过一篇参赛的作文，有天他在街上走着走着突然跌在地上就没了。据同行的人说，在倒地时他的双手插在裤兜里来不及反应，脑袋剧烈撞击地面造成颅内大出血死亡。他以不到五十岁的人生告别了这片房子，很彻底、很干脆，连他在里面走过的路也一起带走了。他曾经在他的路上来回穿梭，和他的妻子女儿一起说笑，和熟悉的人微笑点头打招呼。

这里面有很多的路，但这一次就少了一条，只是没有人注意到这种细微的变化。这并非他的创举，先他而去的人同样带走了属于自己的路，他只是步了人家的后尘。

说起他的死，很多人扼腕长叹，以至于好长一段时间，在熟悉的圈子里，占据茶余饭后的都是他如何倒在地上，如何再也没有起来的事，这个事被不断重复，无限放大，好像每个人的面前都突然多了一个黑不见底的深渊，不知道下一刻会不会咚的一声掉进去，再也爬不上来，从而引出一个生命脆弱、彼此保重的老而弥新的话题。

一个人走了，很快就有孩子在这里呱呱坠地，里面又开出一条新路来，供孩子反反复复东倒西歪地练习走路。一条路消失，另一条路诞生，路就这样反复做着简易的加减法。一条条的路像蛛网一样，编织了土地上日常的生活。这些路重叠交叉，有很长一段是相同的，属于"公用"的部分，只有起点和终点各自不同。

　　还有一位老先生，是教古代文学的，写得一手好字，离休后一门心思研习堪舆之学，耄耋之年了，仍然精神矍铄，声如洪钟，半斤白酒不倒。他住的地方离朋友家不远，他给自己的房子取了个大隐于市的名字，叫"半山园"。

　　听到这片房子要拆的消息后，他写下了一万多字的文章放到本地一个论坛上，从历史、现实、哲学、宗教多个方面深入地剖析保留这片房子的必要，点击量远远地打破了纪录，支持率几乎是一边倒，一度闹得沸沸扬扬。

　　网络只是虚拟的空间，而虚拟与现实恰恰是相对的。后来他不顾家里人的反对，独自跑到省里和北京去反映情况，他把写好的材料拿给我看，是一笔一画手写的，订成厚厚的一沓。他告诉我这里是百年老校，是整座县城的文脉，他说一旦拆了，文化的脉息就断了。他说这些话的时候，一只手不停地挥舞，只是未能拂去他脸上那种大厦将倾的焦虑。他不止一次扬言，誓死不搬，要和这片房子共存亡，其情势犹如最后一个死守在硝烟中的老兵，孤独而悲壮。

　　望着他苍苍的白发，我的心里像有寒冰嚓嚓破裂的响声。老先生是那种旧式的知识分子，博学多才，只是仍然没能洞悉人情世故，他并不明白，无论古今，在丰厚的利益面前，傲骨、豪情和良知之类的东西，最终面临的结局都是一败涂地。

　　最后他还是搬走了，不知是隐居在了县城的一隅，还是随子女去了外地，反正再也没有见过他，也没听到关于他的消息。我一直为生活而奔忙，这中间的曲折不得而知，这样的结局对他来说未免遗憾，却是我意料之中的事情。

　　相比这位老先生，朋友的做法则完全不同，在大家都忙着搬家的时候，他也随之搬了出来，连一句留恋的话也没说，收拾东西义无反顾地随女儿去了深圳。他应该早就知道，说什么都是白说，倒不如用沉默来表示自己的态度。

后来我听说，他把东西从屋里搬出来后，在空房子里放了一挂长长的爆竹，他的同事闻声赶来，见状大惑不解，这是奉命搬走，带有强制性，类似于一场仓皇的逃窜，怎么反而放起爆竹来？朋友说，房子和人一样，久了也有了灵魂，他放爆竹，既是和房子作最后的告别，更主要的是送房子上路。

我听说这件事后，想起他搬家并没有给我透一点消息，连去那个遥远的南方也是默默地走的。我曾经打电话给他，要他记得搬家的时候告诉我一声，我多少能帮上点忙，他在电话里答应得好好的。我这才明白，他不肯告诉我，是不想我看到他黯然地离去。他在这片房子里读书、写作、结婚，养育了一个儿子和女儿，直到退休，要说感情之深，他并不输给别人。

三

今年开春以后，一些机械张牙舞爪地开了进来，这片奄奄待毙的房子在机械的轰鸣声中相继倒下，腾起一浪一浪的尘埃，远看着像一个厮杀正酣的古战场。泥土做的房子相对于钢铁做的机械而言，真是太弱不禁风了。

几台洒水车开来了，每台车上一左一右站着两个人，双手不停地摆动着水管，抬高、放低，调整角度，高高的水柱在空中银蛇一样飞舞，发出嘶嘶的叫声，像是要把这场战火彻底地剿灭。

一栋栋房子前仆后继地倒下，房子像人，但不是人，在判决死刑以后，不会每天掰着手指头计算着日子，它们不会被五花大绑押赴刑场，也听不到恐惧的枪声，它们从哪里来又回到哪里去，脚下的土地就是它们的刑场。

终于拆到最后一栋房子了，那栋房子相隔我们住的楼仅仅几米。有天晚上有人敲门，打开门后是张陌生的面孔，对方说是我的邻居，他说哪天就要拆侧边的房子了，都挤点时间去盯着点，如果会砸到我们的房子就要阻工，坚决悍卫自己的利益。我这位陌生的邻居口齿伶俐，说出来的话情理兼备，无可挑剔。我向他表示了感谢，说有时间一定去。

接下来几天在院子里出进，总有邻居主动和我打招呼，先是咸一句淡一句地扯生活、工作、家庭，最后都无一例外地转到准备阻工的话题。我和这些邻居原本不熟，并不知道他们住几单元几楼，是做什么的，因为拆房子的事情，彼此之间突然变得好像有了多年的交情。

我嘴里答应着，其实心里早就有了答案，决不参与其中，这并非我胆怯怕事，也不是因为有了老先生的前车之鉴，我知道，即使组织严密，这样的事情也只会成为别人口中的闹剧，何况到了关键的时刻，还不一定会有人挺身而出。果然，到了拆房子的那天，警戒线一拉，一排警察往那儿一站，这栋房子像以前那些房子一样，随着推土机砰砰的响声，在漫天烟尘中一头撞向大地。我的那些原本热血沸腾的邻居只是远远地望着，成了一场热闹的看客。

紧接着，那些倒下的房子被一车车运走，我从那里经过，看到残砖断瓦，木方，水泥块，夹在水泥块中无法梳理干净的皱着眉头的钢筋，这些东西在高高的车厢里堆成坟墓的样子。我就在想这一车是客厅，那一车是卧室，另一车有可能是厨房和厕所，再一车是教室和办公室，原来的生活，生活里的悲悲喜喜都已被肢解，丢进车厢里，在汽车的轰鸣声中去往城市以外，一个很少有人知道的地方。

有天黄昏，我移开一块蓝色的围挡进入里面，看到房子彻底地消失了，连朋友住的那座山也一点点移走了，整个变成了一片裸露和空旷。

土地又回到了从前，还原成了土地。很久以前，是不是也是这个样子？我在想如果那群鸟到秋天飞回来，它们的表情会是什么样子，讶异？失望？茫然？还是孤独？

　　我在那一大片空旷里慢慢地走着，在夕阳软柔的余晖中，依稀感到别人的故乡的影子，菜园周围正在腐烂的篱笆，湿漉漉的井台上不断加厚的苍老的青苔，还有那个小伙子和小伙子目光中的邻家姑娘。

　　后面的事就不必去浪费想象了，高高的房子搭建起来，土地以砖头的形式再次沦为房子，然后很多陌生的面孔出现在这里，开始各自的欢笑和哭泣，明天接着今天，与一个叫作生活的东西爱恨纠缠。到了晚上，灯火在这片土地上灿烂喧哗，渺茫一片，若干年后再次成为某个人在异乡的灯光下一再书写的故乡。

　　风一趟接着一趟在土地上吹过，一棵草死亡，另一棵草在死亡之处萌芽、长高，一栋房子倒下，另一栋房子取而代之，日子不停地飞针走线，土地布满了时间的针脚。想起《圣经》里的一个句子，"一代过去，一代又来，大地却永远长存"。

　　土地上的事情，就像我们寄居的这个世界，永远不会结束，每天都是新的开始。这是土地的秩序，旧的秩序被打倒，新的秩序粉墨登场。我们总是以为，我们是土地的拥有者、支配者，其实在这样颠覆性的秩序面前，我们的卑微还不如一粒尘埃。

　　我往回走的时候，暮色从我的脚下升了起来，我的大半截身子没在慢慢加深的暮色里。

脚手架

一

我从来没有想过，我会以这样一个角色进入表哥的人生，在俗世里显隐，我早已习惯了简单，除了我至爱的人，我从不愿以任何一种状态深入某一条生命。历经了生活的潮涨潮落，我已害怕将自己和太多的内容牢牢地捆绑。

我近乎孤独的处世哲学，注定了我和表哥之间的疏离。表哥是我六姨的大儿子，算起来，我乡下老家和表哥家仅仅隔着屈指可数的几道河湾，只是两家不属于同一个村庄。那时候的村庄是封闭的，大家各忙各的事，每一个村庄都像是贴上了专属的标签，村庄之间似乎隔着一道隐形的藩篱，就算靠得再近，两个不同村庄的人也很少互相走动。

表哥大我十二岁，我还在村庄里一身泥水侍候稼禾的时候，他便穿上了崭新的军装，去了遥远的南京，在偏僻的村庄里，能穿上军装，那是一件不得了的事情。我母亲说起那时候的表哥来，一改竟日的愁容，眼睛里燃烧着明艳的光辉。"你表哥去南京当兵了，是坐着火车走的，听说火车跑得比马还快。"隔不久母亲又会说，"你表哥这下好了，出息了。或者说你表哥可能不会回来了，就住在南京了。"我不知道母亲再三说起这件事情是否在暗示着什么，每次只要她说到表哥，我总会在心里产生一种自惭形秽的感觉，尽量刻意回避这个话题，低下头一声不吭。

表哥回家探亲的时候，我跟着母亲去六姨家见过他一次，一身笔挺的军装，草绿色帽子上那颗红五星傲慢地俯视着一切。他像个首长一样，挺直腰板，忙着和亲戚朋友打招呼、说笑，举手投足之间意气风发，我甚至不敢与他对视，只是待在一边远远地望着，在我心中，他的形象像村庄四周那些山峰，那样远、那样高大、那样不可及。偶尔遭遇到他的目光，我立即像受惊的兔子一样逃开，似乎那是两根滚烫的钢柱，只要轻轻一点，便会将我深度灼伤。

表哥回来的时候，六姨是最高兴的，脸上的笑从没消失过，连走路的脚步声也比平日大了起来。六姨家的境况相当糟糕，自己一身病痛，长年汤药不断，姨夫是个老实巴交的农民，夸张点说，一根针掉到头上都会做几个晚上的噩梦。六姨生有三个儿子，小儿子是智力障碍者，什么事也干不了，成天只知道傻笑。几间泥巴屋被一棵大樟树笼罩着，到了春天，墙上几乎能拧出水来，随时都有可能在风雨之后沦为一堆瓦砾。

所有认识六姨的人都为她高兴，幸好表哥穿上了军装，给这个多风多雨的家注射了一支强心剂，让六姨感到希望的存在，看到了未竟的日子里朦胧的曙光。

二

我和表哥自从见了那一面后，很长一段时间再没有见过。我在老家那个贫穷的村庄里，手忙脚乱地应付着紧锣密鼓的风吹雨打。关于表哥的一些事情，都是从母亲的嘴里断断续续听到的。

母亲说，你表哥回来了，没吃成国家粮。

母亲说，你表哥要结婚了，听说那个妹子蛮漂亮，会绣花，以前当过老师。

母亲说，你表哥去外面做事了，应该能赚不少的钱。

母亲每次说这些的时候，都会连带着叹息、吁气或者欣喜之类富有浓郁感情色彩的表情和神态，而每次，我都没有对母亲的情感加以附和，只是不冷不热地应着，我的日子已经遭遇了太多的冷硬和不堪，我实在没有精力去为人家的生活而悲而喜。

后来我进到城市里谋生，表哥的信息便慢慢淡出了我的日子。表哥像是一只不守规则的候鸟，在我的天空迁徙过后，再也没有如期地回来，消失得连痕迹也不见了。

几年前一个元宵节，我回乡下看望父母，六姨找上门来，说是特意来找我的。"我有一件事情，你一定要帮我的忙。"看着六姨一脸的紧张，我以为出了什么大事，安静地等着她的下文。"你表哥在工地上做事，包工头欠了他的工钱要不回来，我知道你是做记者的，一定有办法要到这笔钱。"

表哥怎么去了建筑工地做事？他为什么不自己来找我？我知道，问这样的问题无异于用一种坚硬的利器去戳六姨心中的痛点，六姨并不知道，拖欠农民工的工资已经是很平常的事情，而要从那个层层转包的工地拿到钱，无异于是虎口夺食。但我不忍心把事情挑明让六姨难过，爽快地记下她报给我的电话号码，满口把事情接应下来。

第二天回城吃过午饭后，我匆匆赶往表哥做事的工地，那里我相当熟悉，是一个浙江人开发的商住楼盘，取了个很不错的名字，叫梦想家园。我去的时候，楼盘快要封顶了，尘土如一天灰云，毫无秩序地压着整个工地，抬头望，高高的脚手架像雾中的梯田一样逐级趋向天空展开，上面晃动着一个个黑影，仿佛卡带的电影中怪诞的镜像。

我给表哥打电话，电话里传来一个粗糙的声音，"你到了啊，在门口等我，我就下来"。一会儿工夫，表哥就出现在我面前，头发蓬乱，衣服上到处是水泥和沙子，一双粗糙的手上缠着雪白的胶布。我突然就想到了鲁迅先生笔下的中年闰土，一时实在难以将眼前这个形象和当年那个军装笔挺的表哥连在一起。

为了掩饰内心的尴尬，我直接切入话题，是谁欠了你的钱？欠了多少？表哥哆哆嗦嗦地从上衣口袋里掏出一张皱巴巴的纸条，一共欠了三千五百元，是包工头欠的。我接过纸条，一看就知道是从小学生的作业本上撕下来的，字写得歪歪扭扭，有几个被汗水濡湿过，已变得模糊不清。"你能找到那个包工头吗？先去我住的地方坐坐，应该能找到。"说完表哥领着我往里面走。

住的地方是一个简陋的工棚，几根木头支起的架子罩着普通的彩条布，一排木板和砖头搭就的床上，乱七八糟地堆着被子、脏衣服和蛇皮袋，地面零乱的碎砖之间，滚着几个鸡蛋大的饭团，上面长满已经变得干燥的霉点。风像被割成了一缕一缕，亡命地把雨布的缝隙拉大，发出撕裂的尖叫，寒冷驱使我把身子尽量地缩紧。

我刚坐下，便有人陆续地钻了进来，他们都是在那里做事的农民工，一个个蓬头垢面，从身上掏出欠条给我看："你是记者吧，你来了就好了，顺便帮我们把工钱也结了，我们还等着拿钱回家买肥料农药呢。"我让表哥粗略算了一下，大概是五万多块钱。

钱数算出来后，工棚里再没有人说话，大家低头抽闷烟，等着我开口。我被一股焦灼的情绪包围着，突然有了一种手足无措的感觉，在这座城市里，卑微与我一直如影随形，而此刻我却被迫成为同是卑微者竖起的依靠，我感到现实像一堵冰冷的墙向我挤压过来，挤得我浑身痛感却又无处可逃。

我说："大家别急，先把人找来再说。"在一个民工的指引下，我们很快找到了那个包工头。那是个矮个的中年男人，腆着个大肚子，腰上别着手机，也不知是谁跟他说了些什么，见到我后像企鹅般摇摇晃晃地迎了上来，吩咐一个娇小的女人递烟倒水，随后操着浓重的方言向我诉苦："欢迎记者同志来监督啊，这些兄弟的钱早该给了，我也是没法子，上面的钱没下来啊。"第一次经历这样的事情，我正在思量该怎么回话才得体，见我不开口，他连忙说："要不这样，你坐这儿等等，我现在就去借钱，今天一定把这几位兄弟的钱给付了，要不付我就是猪狗。"不等我有任何表示，他便摇晃着肥胖的身子出了门，慢慢拐过前面的一个墙角，消失在我的视线里。

见他把话说得信誓旦旦，想想把钱拿到手已是铁板上钉钉的事情，我便满心欢喜坐下来等待。可一直等了两个小时，连人影也没见到一个。我拨打他的手机，里面传出一个有气无力的声音：您呼叫的用户正在飞行途中，直到黄昏，那个用户仍在途中飞行。

暮色四起，冰冷的工棚随着天色渐暗变得更加阴冷。我站起身来跺跺脚对表哥说："走吧，不要再等了，先上我家再说。"表哥收拾好东西，耷拉着脑袋默默地跟在我后面，其他人也相继散去，把几声冗长的叹息丢在冰冷的风中。我能理解表哥他们，我知道那些钱对他们意味着什么。回去的路上，我拨通了一个劳动局的朋友的电话，朋友说："不好办啊，这样的事情太多了，几十上百万的都不少，何况你表哥那几万块钱？要不你先在你们的报纸上曝光，然后我们这边再跟进看看行不行？"我说也只能这样了。

我把手机塞进裤兜，远处，灯一盏接一盏亮了起来，风像卡在了某一棵树上，干哑的叫声里沸腾着针扎般的刺冷。我心里浮起一种隐隐的不安，表哥他们是怎样把希望寄托在我的身上，而我却什么也做不了。我沉埋在心中的卑微开始发酵，试图把我的躯体一点点蚕食，我甚至开始为我这个下午的举动感到后悔。

三

吃晚饭的时候，表哥依然闷闷不乐，我说我们喝一点酒吧，表哥没有赞同也没有反对。几杯酒下肚，表哥的脸变得通红，话也多了起来。从他断断续续的话里，我拼凑出表哥那段绕开了我的生活。

从部队回来后，和他一起入伍的战友都分到了工作，多数去了公安局、公路局，再不济的也成了环卫工，因为他是农村户口，工作的事自然就没他的份。他最先是在煤矿挖煤，干了两年，因为身体无法适应那个潮湿的环境，便到建筑工地做工，挑沙浆和砖头、扛钢筋、背跳板，天天奔忙在高高的脚手架上。结婚后生了两个孩子，没想到好端端的妻子竟莫名其妙得了精神病，在医院几进几出，钱花了不少，情况却越来越糟糕，后来成天不回家，在外面游荡，有时候竟把自己脱得一丝不挂。表哥不忍心丢下她不管，最后只好把她长期送进七医院，每月支付 2000 多元的费用。

表哥的妻子我见过，拖着两根长辫子，文文静静，算是长得有模有样，好好的一个女人怎么会疯了呢？我心里满是疑惑，却又不好多问。

表哥咕咚地喝了口酒，这些年他跑过南昌、赣州、武汉、郑州等许多城市，从一个工地搬到另一个工地，每天除了吃饭睡觉，就是在高高的空中来回，有时候晚上做梦，梦见自己一脚踩空，摔得血肉模糊，醒来后吓出一身冷汗。我说为什么不换份工呢？表哥摇头，换过，每个月 2000 多块钱，哪里够开销？在工地上干，至少能应付家里那一摊子。

我并不清楚表哥经历了这样多的事情，一时不知该怎么安慰他，只好不停地给他倒酒，"来，喝酒，要相信明天会比今天好"。表哥嗯了一声，不管日子好坏，总得一天天过下去。表哥喝完一杯酒，长长地吐了口气说："我想好了，明天去广州。""你去广州干什么？""听说那边不拖欠工钱。我身上还有500块钱，做车费和伙食费足够了，我不求别的，只要能按时拿到工钱就行。"身上就500块钱，跑去一个陌生的地方，该怎么办呢？我本来想阻止他，可不去又能怎样？家里那情况，就像蓄满了水的水库，而堤坝上有个巨大的窟窿，随时等着他去堵漏。生活的担子过早地压弯了他笔直的腰板，原本的军人气质最终没有敌过生活的斧钺。面对着他，我搜索了很久，竟再也找不出一句安慰的话，"来，先不去想这些，我们喝酒"。渐渐地，彼此都有了几分醉意，表哥的话里有了混音，"不……喝了……再喝……就醉了"。他一起身，撞翻了脚边的酒瓶，当的一声，酒瓶翻了个跟斗，骨碌骨碌滚到了墙角。表哥弯腰想去捡，一个趔趄差点摔到地上。我说算了，睡吧，表哥跄跄了几步，倒在沙发上没了声响，不知是真醉了，还是睡着了。

我找来一床被子给他盖上，屋外，街灯早已灭了，四处一片漆黑，屋里门窗紧闭，但我依然能感到有寒风暗暗袭来。我走进书房，拧亮台灯，灯光爬上墙壁，影影绰绰地晃动，在沉暗多风的氛围里，我借着酒意，很快完成了表哥他们讨薪的稿子。

第二天一早，我先赶去帮表哥买了去广州的火车票，再折回报社交稿。总编看过我的稿子后，把我叫去训斥了一顿："你也干了好几年记者了，怎么一点常识都没有？才过完年，就给上面添乱。总编把稿子甩到我面前，不再说一句话。我没有一句争辩，拿着稿子转身离开。新年上班的第一天，总编还在编前会上振振有词，年头了，稿件更要贴近生活，要为底层的百姓排忧解难，要为他们鼓与呼。我感到我也像站到了高高的脚手架上，被突然整个地架空。原本我应该把稿子撕成碎片，使劲地甩到总编的脸上或者办公桌上，然后丢给他一个坚硬的背影。我承认我是一个懦夫，生活的网即将使我窒息，而我却缺乏冲破的勇气。

火车在晚上七点半发车，那时候已没有客车去火车站，我叫了朋友的车去送表哥，我将他送进站台时，灯火已在头顶喧哗，他将头伸出窗外，"没事，我一定能找到事做的"，声音是那样平静。我塞给他500块钱，说了声有事打电话，然后转身快速地离开，我当时甚至都不知道，我为什么要像做了亏心事那样逃得如此匆忙。

从车站出来，天突然下起了大雨，春天的雨就是这样，说来就来，说走就走，我关上车窗，将哗哗的雨声和阵阵的寒意关在了窗外。车灯雪白，像两颗呼啸的子弹在雨中将夜幕击穿，但很快又遭到黑暗的围剿。我呆呆地坐着，看着夜色与灯光的博弈和纠缠，想起表哥家破烂的泥巴屋，想起他被酒精涨红的脸，想起那个疯疯癫癫的关在铁栅栏里的女人，想起灯火中的站台，站台上长长的火车，想起被火车丢在陌生里的表哥。这样多的画面在我眼前来回浮现，而我，始终只是一个无奈的看客。那一刻，我记起那首被余光中引用的土耳其诗人塔朗吉的《火车》：去什么地方呢？这么晚了/美丽的火车，孤独的火车/凄苦是你汽笛的声音/令人记起了许多事情/为什么我不该挥舞手巾呢/乘客多少都跟我有亲/去吧，但愿你一路平安/桥都坚固，隧道都光明/

四

很久没有了表哥的消息，我的日子又退回到从前，臣服于僵硬的规则，用虚妄的文字编织着大众眼里浮泛的生活。

去年五月的一天，我接到舅舅打来的电话，你表哥出车祸了，住在人民医院。我放下电话，赶去医院探望他。六姨正站在病房前的走廊上，两只眼睛哭得像两个即将溃烂的桃子。我问六姨是怎么回事，六姨告诉我，表哥在广州的一个工地上做事，从三楼摔了下来，工地上赔了他 5 万块钱，回来养好伤后，还剩了些钱，表哥便不想再去工地上做事了。花了 1 万多块钱买了台二手面包车，准备卖点水果和蔬菜维持生计。那天表哥去一个朋友家喝了点酒，回来的路上和另一台面包车撞在了一起，表哥左手骨折，多处受伤，对方车上三个人伤得厉害，其中一个断了六根肋骨。两台车都属于无牌无证，没有惊动交警。只是对方多次组织人上门吵闹，要求表哥付医药费。家里实在拿不出钱来，对方吵闹几次无果，最后丢下一句话：下次再不拿钱，就要抄家伙了。

早知道不买车就好了，六姨反复念叨着这句话，像是埋怨表哥，又像是埋怨自己。其实，我们谁都没有权利去苛责表哥，虽然方式不对，但谁不想把日子过得轻松一点呢？

我安慰了六姨几句，便进病房去看表哥，表哥的身上到处缠着绷带，他看到我，勉强挤出一个生硬的笑容。我说，你没事吧？表哥摇摇头。我说人没事就好，一切都会好起来的。表哥点点头。

第二次去看表哥，他已经康复得差不多，快要出院了。打过招呼之后，我们陷入了长久的沉默。沉默过后，我问表哥，你出院后有什么打算？他说还是去工地上做事，就是那个命。好在现在比以前好多了，不用再挑沙子水泥上去，一切都是机器弄好了。只要将升降机上的水泥和砖头搬下来就行。

表哥从医院回去后，六姨去庙里敬神，一个老和尚说六姨家建房子的地方原来是个土地庙，他们占了神灵的地盘，触怒了神灵，所以招来了接二连三的灾难。必须请庙里的和尚去诵三天《地藏经》和《大悲咒》，再择风水宝地重建一座土地庙，才能消灾得福。六姨知道那里原先确实有个土地庙，于是动了心思。表哥听了坚决不同意，他冲着六姨吼，子孙无福，怪坟怪屋，哪有这回事？都是骗人的把戏。几乎所有的亲戚都赞成诵经建庙，他们一致认定，宁可信其有，不可信其无。舅舅甚至带着六个姨妈亲自上门向表哥发难，在大吵一架之后，表哥终于选择了妥协。

我没有亲历那件事情，只能隔着时空想象那样一场仪式，梵音如燕语般填满那几间泥巴屋，青烟升腾，野蛮地吞噬盘旋在屋顶的粗壮的樟树枝丫。那座新建的土地庙后来我回乡下时倒见过，用土砖砌成，矮塌塌的，匍匐在一棵驼背的老枫树下，它不愿与我的想象重叠，以清冷与幽眇消弭了我心头暗中期待的神光。

这样折腾一番之后，表哥收拾几件衣服只身去了建筑工地，到底去了哪里，连六姨都不清楚。一个落叶的夜晚，我坐在灯下翻一本诗集，偶然读到葡萄牙诗人费尔南多·佩索阿的《脚手架》，其中有这样的句子：

> 难以实现的愿望啊！
> 机会岂能等同理想？
> 一只孩子玩的皮球，
> 蹦向高过我的愿望，
> 转得快过我的理想。
> 河水的波纹，如此轻微，
> 你们算不上波纹，
> 岁月时光，转瞬之间，
> 飘逝——恰恰是太阳，
> 在夷戮白雪或绿地。
> 我耗尽了不曾有的一切。
> 我比实际的我苍老许多。
> 幻想，一直支撑着我，
> 它只在舞台上才是女皇：
> 脱去戏装，便没有了王国。

我放下书，突然又想起脚手架上的表哥来。脚手架上的人生，都是命运的流放者，流放是一种悲怆的刑罚，萨义德曾这样诠释流放的恐惧，"不只意味着远离家庭和熟悉的地方，多年漫无目的地游荡，而且意味着成为永远的流浪者，永远背井离乡，一直与环境冲突，对于过去难以释怀，对于现在和未来满怀悲苦"。

我百度了一下，得到了这样几个数字，全国有 4000 多万人穿梭在脚手架上，其中有 12% 的人一年到头未拿到一分钱的工资。他们远离了亲人和故乡，一个城市接着一个城市地流浪，高高的脚手架定义了他们的家的内容，他们向脚手架交付自己，牢牢地绑定，构筑城市的高楼和版图，但灯火明媚的城市从来不曾属于过他们。他们渐渐老去，生活曾经给过他们太多的许诺，可真正兑现的却寥寥无几，而他们也并未意识到自己已然被命运所流放，只是将一切归咎于自身，一直在隐忍和想象中试图改变生命的格局。

五

年底一个周末的下午，我决定去看望一下表嫂。

车穿过大街，拐过浏阳河大桥，不到半个小时便到了七医院。医生把我领到一扇铁栅栏门前，透过栅栏，我看到了表嫂，衣着整洁，原来那两条长辫子剪成了齐耳的短发，稍微有些乱，坐在一张没有靠背的椅子上，正朝着不远处笑。

我问医生，可以打开门让我和她说几句话吗？她无法和你交流，再说，她的病随时都会发作，你这样进去很危险。医生委婉地拒绝了我的请求。

我站在铁栅栏外，突然感到一种不真实，这个女人，已沉陷在无边的黑暗中，她的世界一片虚无，什么也没有，连自己也是虚无的存在。只是我想，在她意识稍许回归的时候，会不会记起脚手架上的表哥？而在脚上架上的表哥，会不会在擦拭汗水的间隙，想起这扇隔离在生活之外的疼痛的钢铁栅栏？

回去的路上，薄暮低掩，远处的桥上，行人埋头收紧身体匆匆赶路，像受寒的鸟向温暖的巢迫切地靠近。CD 正播放着勃拉姆斯的《第一交响曲》，这支柏林爱乐乐团演奏的曲子，我已听过无数遍，而这一次却仿佛听出了背后的内容，深刻、深沉、黑暗、烦忧、激荡，似乎有一种内省的挣扎，而又最终抵达突围的自觉。我突然想起一句话来，"我们的嘴唇和眼神里有永恒，我们的眉弯里有至福"。虽然，这个句子不在现实里，而在莎士比亚的戏剧中。

叔本华说，生活具有某种扑朔迷离的气质。生活有 N 种形式，既然生活判决我们活着，我们就有大于 N 种的方法去瓦解源自它们的障碍和伤害。

我打开车窗，风一波一波地挤进来，我仔细地听，没有听到它们萧萧的回声。

邂逅一群狼

一

午后，我正在慢慢地走着，身后那条七月的小路把我和老屋的距离越拉越远，本来，我打算回头看一眼的，但似乎没有必要，我的感觉告诉我，已经看不到老屋的影儿了。

我为什么要在这条路上走，我自己都不知道，这一点也不奇怪，我有很多不知道的东西。我经常在这条路上走，看蚂蚁搬粮食，长长的一串，在我眼睛里沙沙地走过，充满了仪式感，一只螃蟹攀上高高的青苔，开始炫耀它的长螯，很快滚落到水里，风吹着梧桐叶子左右碰撞，唰——唰——有时，一大群鸟翅膀叠着翅膀飞，把鸟粪拉到我头上，我也不会介意。我怀疑，在大人们的眼中，不是把我定义为一个孤独的孩子，而是孩子中的异数。

不知不觉，我进入了一种小说的氛围。刚入秋的阳光就像低燃点的物质，只要一接触到物体的表面，不管是一块石头，还是一湾溪水，马上腾起一团火焰，仿佛夜风撩拨的磷火。早稻的谷粒已脱离了母体，把自己赤裸裸地丢到谷场上，惊惶不定地打开眼睑，不知道下一刻会发生什么事情，临走时留下的那片空旷，来不及装下怀想，就被晚稻毫不留情地占据。这些所谓的晚稻，三天前的身份还是秧苗，占了人家的地盘后，名字就变了。此刻，经过阳光反复的折腾，薄薄一层水，描出它们的猥琐和伶仃，让人想起即将失去生命体征的躯壳。

如果没有阳光，或者阳光像某件旧家具上的油漆，褪了很多色，剥落了一大片，这个午后，应该有各种鸟到处乱飞，在它们没有指挥的合奏里，五颜六色的虫子喋喋不休，青蛙吞食一条蚯蚓后，挥舞长舌表达着它的愉快，泥鳅在水花里翻着跟斗，一条蛇将身躯盘成荡开的涟漪，在阴凉处歇息，很快就看到它把自己打开，变成一根 S 形的线条，再慢慢拉直，懒洋洋地向下一个目的地移动。但是，因为阳光作祟，一切都隐匿了。

四周静得彻骨，风已潜伏了很久，不用谁来告诉我，我知道它离我很近，在我看不见的地方，一片树叶上，或者一只蚂蚱的翅膀里，一条鱼的脊背，一动不动。身边的一切就像小说中压抑的叙述，逼得人喘不过气来。

我走到一处树荫下，坐了片刻，身上的汗很快又钻回到了我的肉体。我继续向前迈步，打量着这个熟悉的村庄，看到的是这条路开出的枝枝杈杈，它们是土地的筋脉，连接着远山近水，像我掌心里定格的纹路。看不到的，是更多的无限，一重又一重的山切断了我的目光。那个时候，我并不知道，就在我看不见的地方，一群狼正朝着我长驱而来。

许多年后我回想起这一刻，才意识到人生处处充满了埋伏，像一个个的隐喻，谁也不知道，它们会在哪一个标段，冷不丁地冒出来，把你前面的路标随手移到另一个方向，以锐角、直角，或者钝角。

我的速度没有改变，实质上成了以人惯有的速度向狼接近，狼也正以狼惯常的速度向我靠拢，只是我们都没有预感到，彼此之间会有这样一场邂逅。

就在这个午后，头狼用它的四只脚从容地把脑袋推进我的视野，接着是脖子、前腿、身子、后腿，再接着是尾巴。然后是第二只，第三只，一路逶迤而来，把我的目光彻底掠夺。不过，我并不感到害怕，在我八岁的意识里，狼这个概念就是刚撒下地的种子，还没有开始做萌芽的梦。虽然听说过一种东西叫狼，有时会在村庄里出没，但我听过就忘了。我为什么要记住呢？它们离我太遥远，从未抵达过我的想象，它们不在任何地方，只活在狼的世界，活在人家的嘴巴里。

这是一群狗，一群养得很壮而且很漂亮的狗。我的直觉给了我一个答案——唯一的答案。谁家能养出这么好的狗呢？我思忖了很久，谁家都养不出这么好的狗。人都吃不饱，谁家会有那么多的狗粮？只有生产队是暴发户，粮食堆成一座座小山，把仓库塞得爆满，但我知道，我们生产队没养狗，只养了几十头猪，应该是别的队上养的。

父亲是个知足的人，经常说，人比人气死人。而那时，我想到的是，不单是人比人气死人，狗比狗也气死狗。

狗是我熟悉的东西，因为我家就养了一条狗，不过在我看来，那简直不能算是一条狗。瘦得像一把陈年的稻草，毛高高撑起，一蓬向前，一蓬向后，乱七八糟，有两处还掉得一根不剩，露出让人一看就感到恶心的皮。走路踉踉跄跄，连叫声都和初生的婴儿没有区别。母亲说，这是你爸特地养着看家的，我们都省一口，就够它吃的了。我听了几乎要笑出声来，心里想，这样一条狗还能看家？

我讨厌它的样子难看，狗好像并不在意，平时还是喜欢跟在我身后，我总是忽略它的存在，或者把它当成一只兔子，动不动就呵斥它一顿。我几次疑心，如果碰上一阵大风，它肯定就一命呜呼了。只是它的命比我想象的硬得多，拖着几根一捏就碎的骨头，在我蔑视的目光里，省略了青春，从童年直接过渡到了暮年。

有天傍晚，就是这条游离在死亡线上的老狗，竟叼了一只几斤重的野兔回来，我是第一个发现的，那只野兔的脖子血糊糊一片，一只脚也被咬断了。我不禁打了个寒噤，我不是为野兔的死感到悲伤，我只是突然发觉狗性的可怕。一条弱不禁风的狗，居然能咬死一只活蹦乱跳的野兔，那得有多少的愤怒和勇气？是什么诱发了潜藏在狗心深处的恶？我知道这中间肯定发生了不平常的故事，但到底是什么，将成为一个永远的谜。谁也不能否定，人的想象是锋利的，人用想象的武器消灭了不少的秘密，但面对某些状况，再丰富的想象也无法触及事物的核心。

从那以后，我不再蔑视这条狗，不再践踏它的尊严，准确地说是不敢。我担心万一哪天它积怨泛滥，狗性大发，会来一个秋后算账，将完整的我艺术地撕碎，成为塑造欣赏者人性的祭品。它赢得尊严也赢得道德，从此，将戴上属于一只狗的光环，成为一颗夺目的照耀狗族的星辰。我尽量在我和狗之间找到一个平衡点，我活我的，狗活狗的，我和狗都能参照人和狗的方式，以一种最质朴的幸福活在这个世界上。

事情往往是奇怪的，自从我改变想法和行为后，我家的狗反而不怎么跟着我了。如果我家的狗那天跟在我身后，如果它没有父亲的心态，我想，它有可能会悲伤而死。

二

狼离我近了很多，我已经能看清它们的样子，金黄的毛杂着点点棕色，尾巴上像用墨绳弹了一根笔直的线条，一只只油光水滑，威风凛凛。

我不认识它们，就算离得再近，我也还是以为它们是狗。它们肯定早已看到了我，它们也不认识我，不知道我从哪里来，要到哪里去，对一群狼来说，没必要刨根问底，认识与否，知道与否，没有多少意义，它们只相信眼睛与直觉。它们已经看出我是个孩子，两手空空，这就够了。所以既没有放慢速度，也没有加快脚步，仍然队列整齐，优雅地迈着步子，保持着狼族的体面与尊严。

如果置换一下，将我换成一个手持棍棒浑身杀气的成人，那群狼会怎么样？安静地匍匐，屏息地观察，在心中制订一个克敌的计划，然后呢？然后是彼此长久的对峙，一旦危险降临，头狼那一声长啸凄厉地响起，便蜂拥而上，展开一场闪电式的扑杀？

这只是我后来的猜测，我不明白我为什么要勾勒这种血淋淋的画面？难道我向往成为一个嗜血者，要用血腥来愉悦我的想象？

有一点倒不是想象的，它们肯定认识人类。它们有没有与人类进行过直接的博弈，我不得而知。但我相信，天地万物，相克相生，要在这苍穹之下大地之上生息繁衍，不致于在种种灾难面前亡族灭种，彼此之间肯定有着独特的交流方式，通过一条不为人知的隐秘渠道。也许它们早已从另一个族群，比如野猪、老虎、山羊、豹子这些族群中，学会了如何与人类相处，如何规避这个自视高贵的族群带给它们的灾难。

我和狼的目光终于相遇了。可能是阳光的篡改，也可能是我头部的稍稍摆动偷换了角度，我看到狼的眼睛在不停地转换着颜色，黝黑、幽蓝、浅绿、深绿，最终我都不敢肯定，它们的眼睛到底是什么颜色。我只是清晰地看到，从它们的眸子里射出两道光来，干净、清澈、明亮，没有杂质，蕴藏一种隐隐的力量，像犁开黑暗的第一缕天光。

头狼把我从头到脚纳入它眸子的同时，我也从它的眼睛中看到了我八岁的影子，瘦弱、安静，还有那么一点点笨拙。所有身体的部件中，只有眼睛是最可靠和最不可靠的，它会出卖你所有的秘密。我和狼都从彼此的眼睛里，窥伺到了对方心底那抹原始的光芒，那是未经污染的混沌之光，是生命质地的原色。

没有风，一点风也没有，没有一只虫子叫，周围还是那副模样，并没有因为一群狼的造访，改变格局和调子。但我告诉自己，我们并非同类，我是人，它们是狗，村庄里有一句俗话，

"好狗不挡道"，通常这句话是用来骂人的，但我认为拿来骂人，糟蹋了。人和狗也一样，人也不能挡狗的道。任何狗都跟我家的狗一样，不能诱发它的狗性。

路很窄，路边的斜坡上长着厚厚一层草，我把身子埋进草里后，路变宽了许多，狼就从变宽的路上不紧不慢地过去，我嘴里默默地数着，一只，二只，三只，十二只，绝对错不了，十二只。它们像一支训练有素的队伍，抬头挺胸收腹，走得节奏分明，皮毛跟着步伐在黏稠的阳光里荡漾，像一匹刺绣得极其精美的缎子，我只要一伸手，就能摸到它们的眼睛、鼻子、脊背、尾巴，我的手一次又一次蠢蠢欲动，但最终还是放弃了。

狼群牵扯着我的视线，渐行渐远。前面不远处，有一座小木桥，一眼能看穿底的溪水从桥下无声地流过，最后那只狼走到小木桥上的时候，停下了脚步，回过头来望着我，持续了几秒后又回过头去，跟着它的同伴，继续前行。我没弄懂这一回头是什么意思，是感恩，是告别？还是舍不下唾手可得的猎物？我不想去作猜测，我宁愿相信是前者。

很快，狼群陆续淹没在路两边高高的荒草里，这条荒草凄凄的路，弯着、扭着，像一丝云彩，拖向远方，连接路的另一头的，是浩渺无边的山峦腹地。

我不得不承认，这群狗是招人喜欢的，既然我认定是附近队上养的，人狗何处不相逢？不知道在哪一天，还会再见的。等我知道这是一群狼后，心里竟有了一丝莫名的感伤。人有人道，狼有狼道，这是两个截然不同的世界，从此天高路远，山水不再相逢。

三

回家后不久，母亲刚好从外面回来。我以最快的速度把这件事告诉母亲，想让她分享我的兴奋。听完我语无伦次的讲述，母亲的脸白得像一张纸。她一把拉住我，从头到脚仔细地看了一遍，然后捏捏我的手脚，在我的背上头上拍打了一阵，见我没有任何反应，才长嘘了一口气，把脸一拉，声音突然变得坚硬："什么狗啊，一群吃人的狼，在下屋吃了四只羊。"

反问已显得多余，母亲的表情已经泄露了答案：这确实是一群狼！

不过，我认为母亲过于夸张了，狼并没有人们说的那么可怕，在我心里，它们就是一群可爱的狗。这话我没有说出来，母亲脾气不怎么好，一旦说出来，她会认为我太蠢，好歹都分不清，甚至抽我两个耳光，让我不再糊里糊涂，也不是没有可能的事情。

大哥正是血气方刚的年纪，听说来了一群狼，背起家里那把猎枪准备去追赶，刚要出门时，被祖父喝止了。祖父是村庄里有名的猎手，猎杀过无数的猎物，野猪、狐狸、山羊、豹子、山鸡，听父亲说还打过一只老虎。对一个猎手而言，显然错过了一次大显身手狠赚一笔的时机。祖父没有解释阻止的理由，而且从那以后，禁止家里人再去打猎。

那把猎枪就搁在祖父的房间里，再没有人去动过，时间染白祖父的头发，同时，也把这件饮血的利器，变成了一块孤独的废铁，它的托，点上了细碎的霉点，一天天向腐烂靠近，它的膛，空空荡荡，风在里面捉厌了迷藏之后，慢慢又被时光的流水注满。我经常能看到它，有时候想，沉潜的时光里，它是在怀念曾经的硝烟和呼啸，开成花朵一样的鲜血？还是为剥夺过无数的生命而忏悔当年的暴戾、残忍和凶悍？

一切，不得而知。

我没有成为狼口之食，村庄里的人认定，将来必有大出息。长大后我才知道，大凡类似的说法，都是在人们无法解释的前提下，编造的一种貌似合理的附会。

事实证明了这一点，我长大后，并没有什么出息。还没望见大学的门槛就辍学了，回到了一心想逃离的村庄。看着一个接一个的季节像车轮一样，在村庄里，在父亲的脸上吱吱呀呀地碾过，留下一道道深浅不一的辙。

有一年，母亲不知从哪里找来个盲人替我算命，那是位年迈的老人，在一阵自言自语之后，也说我以后必有出息，只是暂时流年不利。母亲信以为真，高兴不已，客客气气地招待了一顿午饭，以破纪录的慷慨给了老人五块钱。

我根本不相信命理之类的东西，我认为这只是拙劣的读心术，巧合了，自然是灵验，没碰巧，是你的生庚不对，时辰不准。反正是一团扯不清的乱麻，理都在算命者的手里。但我还是装出一副很高兴的样子，埋在心里的话一直都没有说出来，毕竟人家眼睛看不见了，需要赖此谋生，无情地揭穿他的把戏，等于断了人家的活路，这是一种我无法容忍在内心滋生的恶。

去年一个秋天的夜晚，窗外飘起凉雨来，我在姜戎的《狼图腾》中看到这样一段话，"离他（陈阵）最近的正好是几头巨狼，大如花豹，足足比他在北京动物园里见的狼粗一倍，高半倍，长半个身子。此时，十几条蹲在雪地上的大狼呼的一下全部站立起来，长尾统统平翘，像一把把即将出鞘的军刀，一副弓在弦上、居高临下、准备扑杀的架势"。合上书，脊背上竟冒出冷嗖嗖的寒气。我站到窗前，看着路灯下一根根撩乱的雨线，很久都处在恍惚之中，假如当年我知道那是一群狼，假如我也像大哥那个血气方刚的年纪，希望凭借手中的猎枪，获得丰腴的狼肉，一张张华美的狼皮，我是不是早已成了狼口之食？

我甚至还想得远一点，是不是很多人的心里都藏着一把上膛的猎枪，准备随时向欲望扣动扳机，然后愉快地欣赏枪口那还未消散的硝烟的余烬？

庆幸那只是假设，那一群狼，或许注定了要埋伏在我的命途中，重置我前面一枚枚的路标，给我的生命找到一个出口，一种呈现在这世界的不同的方式。

村庄里早已没有了狼踪。那群狼以狼的智慧，在某一个月黑风高的夜晚，携带着受伤的躯体和心灵，穿过隐秘的枪口与陷阱，沿着天边的星光，逃离了一场噩梦。每次回到空空荡荡的村庄，我都这样安慰自己。

根据动物学家的研究，狼的寿命一般在 12—16 年，如此算来，即使活得好好的，那群狼也早已不在，它们的肉体，化作了腐烂的泥土，成为一蓬野草，一棵无名的树的养分。当然，还有另一种可能，它们中的某张皮毛，成了一件华丽的衣裳，或者昂贵的鞋子，在某一双肥硕的脚上，某一个女人纤细的腰肢上，招摇过市，吸附着一道道惊羡的目光。

苏格拉底说，人的灵魂永在。我愿意相信，狼的灵魂也是永在的。30 多年后的深夜，那群狼在我的键盘下复活、还原，我在玉色的灯光里，为它们祭奠、招魂。我还活着，它们已经死去，我祈祷，它们的子孙，活得悠游自在，山高水长，任由它们啸傲、奔走。

我已完成我的祝祷，我逆着时光的轨道，一路纵深，掘进，我仿佛又成了那个靠在路边数狼的处子，成了刚刚学会直立行走的初人，从透明的躯壳里，我看到我那颗扑通跳动的初心。封存记忆的骸骨，我发现，我和身边的人一样，就是一群长着尾巴的猴子，赤身裸体，茹毛饮血，不远处，一群狼正在草地上准备晚宴，等待我参加它们的狂欢。

河 湾

　　分明是秋了，阳光还是夏天一样黏稠，禾苗刚插到地里，便晒得蔫蔫的，一副将死未死的样子。中午时分，我从稻田里站起来，走进一条小河，去洗身上的泥巴，清凉的水碰到我的肌肤，泥巴很快被稀释掉。脚上趴着几条蚂蟥，正铆足了劲吸血，我折一根树枝刮，刮一下，蚂蟥的身子就像弹簧一样拉长，再刮，蚂蟥滚到水里，血迅速冒出来，像一朵花冷不丁地打开。

　　我从小河里上来，往家的方向走，风粘在身上，脚底下的石子像一个个着火点，蝉在树上嘶叫，没完没了，天空开始蓝得忧伤，比昨天又拉高了不少。我向着天空伸懒腰，长吁一口气，明天不用下地了，将再次背上书包，时隔我被学校粗暴地抛弃，已经整整两年，我突然产生一种做梦的感觉。

　　这次上的是外乡的一所中学，之所以舍近求远，是因为姑父住在那所学校附近。和两年前相比，家里的境况没有多少改变，贫穷依然是挥之不去的梦魇，交完学费以后，住宿费再也拿不出来了，只能暂时寄居在姑父家。

　　姑父家离学校三里地，每天清早，我背着书包出去，上完晚自习再赶回来。学校旁边有一道河湾，像一根懒洋洋的线条，用温柔的弧度，将半推半就的校园揽进自己的怀里。天气难得的晴好，没有雨，没有风，阳光爬过对面的山头，钻进清冽的河水，以浅淡的色泽，直接停留在河床绵密的水草上，有些被沙石折射回我脚边，零乱的光斑，细碎沉着。河水不懂疲惫，带着秋天的节奏越过河床，流水中的水草欲振无力，一齐向着下游倾斜。岸边沙石不多，窄窄的一线，跟着河走，沙石过去，芦苇密密匝匝，凝固了多时的绿，简直连风雨都钻不进去。我早晚顺着河湾走，有时水面蒸腾着雾气，无数的苇叶浮在一片白里，只露出尖尖的叶芒。那样的时候，我总会放慢脚步，我感觉那些水草和芦苇都是为我而生，我只要伸出手去，就能轻松地触摸到它们，我这样感觉的时候，有一些说不清的东西在我的身体里来回。

没多久，表哥买了台录音机，那时流行邓丽君的歌，我印象最深的是《在水一方》，声音像被水洗过，烟岚似的在空谷中升起，然后变成清亮的雨点，滴滴答答，敲进我少年的梦里。每次听到这首歌，我便把它与河湾联系起来，而每天经过那道河湾，又会想起那首歌，冥冥中总有一种感觉，这道河湾是为我所预留的，它关联着我的生命，只是，连我自己也不知道，我为什么会产生这样一种莫名的感觉。

我是在初二辍学的，这次插班接着读初二，学校的生活，让我感觉时间又退回到两年前，不同的是心境多少有了些改变，我不再是那个坐在窗边的懵懂少年，比身边的人大了两岁，心里也多了一些东西，奋发、忧伤、梦想、恐慌，我尽力去掩饰这一切，维持着我的伪装，而我的躯体里像突然安上了好几个轮子，从每一个清晨吱吱呀呀地碾向每一个黄昏。

我的堪称从天而降的到来，宣告了一种格格不入。我并非承受不了孤独和疏离，我只是觉得我应该努力地融入，卸掉不该背负的累赘。我躲在教室的角落里用心地观察，希望从中找到一个入侵的缺口。

班长大概习惯了孤独，每次课间，都守着课桌画这画那。我看到他画得最多的是云朵，纤细的线条，在洁白的纸上烂漫舒展，他用钢笔和墨水，熟练地驾驭着大大小小的云朵，静默、流动、膨胀、绽开，他的笔尖，就是云朵的故乡，每一滴墨水里，都隐藏着一朵云朵。他有个姐姐在一所小学当老师，他总能从他姐姐那要到钢板和刻笔，然后在蜡纸上刻云朵，再用油印机印出来，数不清的云朵，被油墨渲染出万种风情。奇怪的是，这些云朵都是独立的存在，没有重叠与纠缠，也没有退回到背景的天空。我猜想他是不希望自己的云朵被天空所管束，可以在没有任何的束缚里随着意愿飞翔。而他的心里，自然是装着天空的，一块没有边沿线的天空。

有个胖女孩，把唱同一首歌当成了习常，"我没忘记你忘记我，连名字你都说错，证明你一切都是在骗我……"教学楼是一栋老房子，教室不大，无须借助风势，不知在哪一个节点，歌声就突然把我彻底淹没。这个不知情为何物的女孩，居然把潜伏在这首情歌中的缠绵和忧伤悉数连根拔起，以致初始我误以为她的心中有一处未结痂的柔软，可她脸上明明浮着笑意。一番惊讶之后，只能在心中把她的情感世界定义为混乱而不成系统。可能她把教室当成了自己的舞台，看到了缥缈处沉暗幽微的灯光，发掘出了另一个自己。

时间让我暗地里引这两人为友，他俩的出现，改变了我内心的格局，我的封闭依次打开，一些东西渐渐退走，我明白我已进入这片可大可小的领域。我开始像其他人一样，把目光平静地投向窗外，水泥台阶下是一个猪腰形的花坛，里面种着蜀葵，我看到它们一连串的动作，发芽、抽叶，高出我的个头，用红色的花将自己一轮轮绑紧，整个过程，干脆而利索。风像领着一群孩子一样领着花香一趟趟出去，把蜂和蝶从杂草中唤醒，蜂蝶们沿着风的来路，从四面八方接近蜀葵，进入每一朵花的内心。没有人摘花扑蝶，我们在我们的世界里，看蜂蝶起起落落，蜂蝶在蜂蝶的世界里，看我们的哭和笑，两个世界，在独立交错里慰藉共存。

没多久，班主任说那些蜀葵长得太高了，挡住了光线，决定铲掉。班主任刚从学校出来，据说是老师中为数不多的师专毕业的高才生，典型的恃才傲物，他努力使自己的一言一行充满权威色彩，不容任何一个学生置疑。第二天，住在附近的同学带来几把锄头，一眨眼的工夫，蓬勃的蜀葵被冰冷的钢铁斩草除根。窗外新泥裸露，空旷得无聊，蜂蝶们头也不回地走了，另一个世界消失，两个世界重叠成一个世界。阳光不再扎进高高的花丛，而是穿过玻璃径直而入，将我的眼睛刺痛，又一次惊醒和加剧了我心头的恐慌。

我每天还是路过河湾，短暂驻足的时候，感觉河湾正在渐渐向我靠近，让我产生一种说不清的依恋。但对老师而言，河湾是一个禁区，像传说中的洪水猛兽，是绝对不准我们涉足的。听说河湾的水有一丈多深，以前有个学生就差点淹死在那里。

有个音乐老师，教我们唱《大海啊故乡》。每次教唱之前，都会哼上一遍，让我们闭着眼睛听，说是为了培养我们的感情。听着老师轻轻地哼唱，我试图在脑海中勾勒出海的轮廓，辽阔、蔚蓝、温柔、恬静，海鸥在阳光下翻晒雪白的翅膀，海浪亲昵地吻着暮归的脚丫。但毕竟是形而上的，这些源自纸上的东西，始终无法让我嗅到海的气息。倒是不时泛起那个水光渺茫的河湾，我固执地认为，那是属于我的海，我的苍茫。

四月放农忙假的时候，我们这些半大的孩子还是去了河湾。那次是去帮一个老师插秧。老师家的稻田就在河湾的另一边，他领着我们从河湾上头浩浩荡荡地蹚过，那里水浅，芦苇稀疏。一行人高高地挽起裤脚，甚至脱掉上衣，喊着、笑着、叫着，一脚下去，水花四溅，开得满头满脸。我终于和河湾第一次有了近距离的接触，在众声喧哗里，我静默地享受着河湾带给我的宁静和温情。

农忙假后，学校新来了一个老师，姓李，瘦高个，戴着副宽边眼镜，教我们代数和几何，这样，我们就有了两个数学老师。他上课与众不同，话不多，很简短，每句话在出口之前都像是精心压缩过，一道在我们看来云遮雾罩的几何题，被他三画两画就消灭了，我们都乐意听他的课。可惜他来的时候少，给我们上的课也少。有时一周上两堂，有时几周才来一次。

后来听校长说，李老师是从省城来山区支教的，没拿学校一分钱，就连他上课用的粉笔，都是用从他单位带来的钱买的。学校自然不会去管他，他高兴来就来，想走就走。但这些与我们无关，我们只盼着李老师能经常来。

李老师住在学校时，晚上会喊我们到操场跟他学武术，他一招一式地教，后面一大群孩子亦步亦趋，因为不要上晚自习，一些调皮生更是特别来劲，动作也千奇百怪，滑稽可笑。我好静，讨厌拳打脚踢，所以，每次都只是站在台阶上默默地观望。

有次李老师正带着大家在操场上练习拳脚，校长像幽灵一样从夜色中冒出来，李老师也不跟他打招呼，继续一招一式地比画。校长静静地站在一旁，看了许久，也沉默了许久，脸色和夜色一样深沉，最后摇摇头离去，丢给我们一个灰蒙蒙的背影。当时我猜想，那个背影恐怕载不动他的怒火和无奈。

快到暑假的时候，李老师再一次来了，这次还带来了他的女朋友。一个高个子的女孩，穿一身黄色连衣裙，皮肤白皙，波浪式的头发直垂腰际，从我们见到她的那刻起，脸上的笑意一直没有消失过。我们当时都说李老师的女朋友好看，到底是城里的女孩。傍晚一到，李老师和他的女朋友便带着我们去河湾游泳。碍于李老师的面子，校长也不好说什么。于是，河湾便成了喧闹的世界。我安静地躺在水里，水像一个透明的壳一样包围着我，我体验到一种由外到内的抚慰和暂时的松弛，我想到蜗牛大约就是这样享受壳里的时光，我希望河湾可以成为我真正意义上的壳，为我阻断漫天的风声和雨声。那段时间，李老师，傍晚，河湾，似乎已成为埋在我内心的几粒希望的种子。

又一个学期过去，李老师悄悄地走了，像一个流浪的诗人，没有带走一丝云彩，也没有留下一个背影，我至今都不曾弄明白，他临走时为什么不告诉我们一声。他手持一把利刀，切断了我们关于他的任何怀恋。河湾重新回归禁区的序列，更吊诡的是，班长不再画一朵朵的云朵，胖女孩不再唱"我没忘记你忘记我"那首歌。我感到日子打破了原来的平静，以一种难以负荷的重量死死地压着我，让我喘不过气来。

接下来是升学考试，风一天比一天热，日子一天比一天忙碌，我不再在河湾停留我的脚步。我大概懂得了一些东西，河湾只是我的路过，从来没有要安顿我的意思，它不是我的皈依，只是我生命的加持。

考试结束，来不及和河湾作最后的告别，我收拾好东西走出宽大的操场，阳光像火一般，把我灼痛，被我丢在身后的，是那座空荡荡的七月的校园。

我沿着校门口那条弯来弯去的泥巴路走着，内心突然有了一种悸动，觉得自己出了窍，脱弃了我平时的一切累赘和束缚，到那时为止，我还不曾有过如此无畏的感觉，经过两年的时间，功课、考试，我这时无牵无挂单纯地往前走，没有方向，甚至也没有目的，到达某一点之后，我知道那里一定是又一道新的河湾。

十五岁的冬天

那个冬天，并没有什么特别，只能算是前一个冬天的翻版。天总想着往人的头上压，不知疲倦的风在田野和山峦之间来来回回，耳边间歇传来尖厉的呼啸。

离过年还有些日子，第一场雪将来未来。

吃过早饭，我拿起一把镰刀准备出门，刀头天傍晚磨过了，在我的手里闪着冰凉的光。我要用这把锋利的镰刀将烧木炭的柴砍下来，背到窑边，已经砍了两天，再砍一天便可装窑点火了。这是我上初中后放寒假时必须干的活，我要用卖木炭的钱来解决上学的费用。

刚一抬脚，姑父便出现在屋坪里，他腰上扎着一条手巾，步子迈得零碎，显得局促不安。姑父是个走路都不放闲的人，没有急事，是决不会从十几里外的小镇上跑到我家来的。果然，他带来了一个坏消息，大姐和姐夫去县城办农转非手续，结果大姐被车撞了，右脚粉碎性骨折，县人民医院治不了，送往省附一了。因为走得匆忙，什么东西都没带，所以叫家里将衣服和一些洗漱用品送去。

父亲听后没作声，拿起身边那把长烟杆点火抽烟，烟丝随着吧嗒吧嗒的响声冒出来，很快缭乱了他脸上的皱纹，连抽完三袋烟后，父亲将烟斗往地上重重一磕，两道浑浊的目光落到了我身上，"家里就你读的书多，明天你去送东西"。我不知道父亲是什么逻辑，读书多跟送东西完全是风马牛不相及的事，但我不能诘问父亲，漫说他不懂什么叫逻辑，就算懂也不会跟我讲这个。在他眼里，他是父亲，我是儿子，他的话我必须服从。后来想起，我年轻时走过的很长的一段路，都是在表达父亲的意愿。

我不愿意去送东西，主要是害怕不认识路，找不到地方，但父亲开了口，不去是不行的。整整一天，我都没砍倒几棵树，砍几刀便坐在树下发呆。风好像越来越冷了，呜呜地叫着，从树的缝隙里挤进来，像针一样扎在我脸上、手上和脚上，慢慢手脚就麻木了。

听说我要去省城，晚上，邻居罗婶特地赶到我家里来，叮嘱我，坐公交车要看站牌，上面写得很清楚，从哪里到哪里；大城市里车多，像蚂蚁一样，走路要小心；车上有扒手，要盯紧钱袋子。罗婶的第一个男人是当兵的，她曾经跟着她男人去过许多大城市，包括北京和上海，算是村庄里唯一见过大世面的人。她一样样地说着，我默默地记在心里，生怕落下了一个细节。我知道她是好意，怕我吃亏，不过经她这样一说，我心里更害怕了。

夜越来越深，炉膛里旺盛的炉火已接近熄灭，上面笼罩着一层厚厚的白灰。

"都这么大个人了，怕什么，路在嘴巴上。"父亲不屑的口气，像是对我说，又像是对罗婶说，我不知道，他是在安慰我们，还是安慰自己。我想，不怕为什么自己不去？当然，这句话只是在心里一晃而过，并没敢说出来。

当天晚上，我睡得恍恍惚惚，刚刚睡着，突然就被一个噩梦惊醒了，这是自我懂事以来从未有过的事情。我十五岁平静得像水面的生活，猛然投进了一颗石子，那颗石子，就是那座对我来说遥远而陌生的省城。

第二天一早，我带上母亲准备好的东西，硬着头皮出发了。

先步行八里路到马路边搭班车去县城，再从县城东站坐车去长沙。在去长沙的车上，我打量了一下，车厢里各种年龄的脸随着车摇摇晃晃，一张熟悉的也没有。我突然产生了这样一种感觉，我就像一只瘦弱的羊羔，正被一群虎视眈眈的狼包围着。这个念头驱使我的一只手赶紧塞进裤兜，死死压住那几张钞票，似乎那少得可怜的钞票已经被扒手给盯上了。

快到中午时，车到了长沙火车站对面的汽车东站。走下车来，还没来得及活动双脚，我就陷入了一片恍惚。风像我砍柴时刚磨过的刀，在我脸上毫不留情地刮过，眼前，是让人喘不过气的高楼，跟村庄四周重重叠叠的山峦一样，楼与楼之间到处是人和车，说话声、喇叭声还有各种各样的声音填满了我的耳朵，像一窝四处乱飞的马蜂。一个个人在车缝里钻来钻去，看得我心惊肉跳。

城市是一个低洼的地方，所有的繁华都流到这里，最后汇集成一片浩渺的汪洋，让一颗孤独的心茫然无依。这句话从一本熟悉的杂志上钻进我的脑海里。

我站在一条街边，呆呆地看着车辆和行人像流水一样涌过来卷过去，我感觉身子轻飘飘的，像浮在高高的云端，随时都有可能一脚踩空，淹没在这片汪洋里。

突然过来一位年轻人，比我大十岁的样子，手里提着个很大的塑料袋，用浏阳话对我说："小兄弟，你怎么不走啊？"在这个陌生的城市里，一句家乡话很快击垮了我心中的防线，我说我要去附一送东西，我大姐被车撞了，在那儿住院，我不熟悉路，不知道该怎么走。

不知道为什么，平时沉默寡言的我一口气说了很多话。

年轻人叹息了一声："唉，你家里也是，怎么让你这个小孩子来送东西啊？你找不到的，要不跟我走吧，吃完饭我告诉你怎么走。"我像遇到了救星一样，没加任何思索就跟在了他身后。

　　我并非傻到随便相信一个陌生人，与其说我相信他，不如说我相信他说的话。在我十五岁的意识里，家乡话就意味着泥土、村庄、瓦屋、水稻和牛羊，而那些，都是可以亲近和信赖的。

　　我跟着他战战兢兢地穿过斑马线，在一个广场上上了一辆车，车厢里挤满了大大小小的脑袋，说话声、嬉笑声、咳嗽声糅杂在马达的轰鸣里，犹如一团扯不清的乱麻。我蜷缩着身子站在角落里，像一只收敛着刺的刺猬，既担心刺伤别人，更害怕刺伤自己。窗外，是陌生的繁华，门脸、车流、人流，正以一种缓慢的速度向我的身后消失。我无意关心这些，我想起班上一个叫九妹的同学，经常说长大后要到城市里生活，她的说法得到了另外两个女孩的极力赞同，三个人结成了同伴，经常在灯下学习到深夜，城市，成了她们努力的驱动。我也是认同者，并开始在暗地里默默为此努力。此刻，我身处在城市里，它并没给我留下美好的印象，相反，它纷乱、嘈杂，一切都仿佛是虚构的，像从哪里突然伸出一只手来，把我这个正常人推向小说中缥缈的氛围。再回到学校，也许我会变得懒散起来，因为，城市以它的惊鸿一瞥，击碎了我刚刚搭起的城堡。

　　年轻人和我一样，好像不怎么爱说话，一路上只是交代我，要紧跟着他，并不时瞟我一眼，大约是怕我脱离他的视线。我紧跟在他身后，上一趟车，又下一趟车，从第四趟车上下来后，他领着我朝一条小巷子里走去，巷子尽头，是一栋才建了一层的房子，地上乱七八糟地堆着砖头和木料，几十个人正在工地上忙碌着。我们走进一间临时搭起的简陋的屋子，他将手里的塑料袋往角落里一甩，说一声，"到了"。

　　桌子边有一盆炭火，烧得正旺，他叫我坐下，端来一杯热水，"喝点热水，烤下火，这天冷死了"。他一边说话，一边不停地搓着双手。在炭火边坐着，喝完一杯热水，感觉心里暖和多了。

吃午饭的时间很快到了，工地上的人陆陆续续地回来，围了满满一桌。饭用一个大筐盛着，菜只有一碗，满满一大碗的肉。年轻人给我盛了碗饭，"快吃，在这里，就像家里一样"。刚开始我很拘束，毕竟我很少和陌生人打交道，但所有人都默默地吃着饭，没有人关注我，问我从哪里来，是干什么的，仿佛我和他们一样，就是在这个工地上干活的。这样，我反而轻松了，只是在心里嘀咕：这么多人，一碗菜怎么够吃？我吃得慢，是最后一个吃完的，等我放下筷子，发现碗里居然还剩了一些菜，当时，我感到特别奇怪。

吃完饭，小伙子说："走，我带你去坐车。"我和他一前一后走出那条小巷，又左拐右拐了几个弯，到了一块公交站牌前，"咱们就在这等车，一会儿就来了。"他指着站牌上的字告诉我，"现在，我们是在这里，你往下数，一、二、三……到了第十站，就到了。"我不知道该说什么，只是一个劲地点头。

这情形，在外人看来，我们就是一对亲兄弟，可事实是，我们连熟人都算不上。

不知怎么回事，等了好一会儿，车也没来，我说："天冷，你回去吧，我在这儿等，没事的。"他笑笑说："不急，再等等。"大约半个小时后，车来了，"就这趟车，你记得听报站啊，到了附一站，下车就行了"。车开动了，我感到鼻子里酸酸的，我始终身处在一种恍惚之中，没有招手，没有说话，只是眼看着他的身影越来越小，渐渐变成一个黑点消失在冬日的寒风中。

一路上，我侧着耳朵在听报站，担心万一漏下了就麻烦了。到了附一站下车后，很快找到了大姐，方才如释重负。

直到那时，我才又想起那位年轻人来，我天生嘴笨，加上没有任何的社会经验，自始至终，没问一句他叫什么，住在哪里，甚至连谢谢也没说上一声，一种羞愧深深地弥漫在我的心头。我有过回去找他的冲动，但我已记不清路了。

第二天回去时，天空有了久违的阳光，姐夫送我到车站，我安静地坐在车上，审视着阳光里的城市，似乎渐渐触摸到了它的丝丝温情。

回去后我把这件事告诉父亲，言语中有一丝埋怨：如果不是人家帮我，我可能真找不到大姐。"你不去闯闯，怎么长大？怎么学会做人？"父亲一脸狡黠的笑。我突然发觉我看不透父亲，就像看不透门前那口深邃的古井。后来的经历，更是证明了这一点，我刚上讲台时，父亲极力反对我业余时间学写文章，几年后我辞职从事文字工作，全家人都反对，只有父亲极力赞同。

时间像草原上奔跑的鹿，我随着它走走停停，最后在家乡的县城里扎下根来。从进城的那天起，我就养成了一个习惯，早晨或者黄昏，都会在小城里散步，走过一条又一条熟悉的街道，在心里头，我一直希望，有一天在某一个拐角的地方，那张刻在记忆中的脸突然从我的眼前冒了出来，可遗憾的是，他仿佛就在这人海中消失了。

年岁渐长，突然发觉无所谓顺境逆境，很多时候，我已然忘了命运的存在。而十五岁那个冬天的经历，我宁愿相信是命运之神的付托，他把一笔财富存入我的账户，没有告诉我金额，也始终不肯透露取款的日期，任由它膨胀和发酵，让我时时不敢忘却，心甘情愿地支付高额的利息。

村庄时间书

犁铧的命运

犁铧是沿着墙角进入我的生活的，祖父说，它的年龄不知比我大了多少倍。不过看上去它一点也不老，时间的河流冷如刀锋，似乎从未与它遭遇，犁铧是一个叛逆的家伙，把自己丢在了时间之外。某一个新秋的早晨，它挣脱了时间的枷锁，闯进我的视界和思维里，像一件刚刚铸好等着上战场的兵器，闪着傲慢的寒光。

那时候我害怕锐利的东西，像刀斧锯凿之类，所以从来不敢去招惹它，就是从它身边经过，也是蹑手蹑脚，生怕惊扰了它的好梦。

它一副冷冰冰的样子，停留在它生命原点的状态，一块石头，刚刚从地层的深处发掘到这里，用它坚硬的目光，梳理这个村庄的筋脉，倾听暗夜里从遥远的另一头潜流过来的响动，思考它的命运和这个村庄的羁绊与纠葛。谁是谁的主宰？谁是谁的附庸？它有大把的时间，可以慢慢地做这件事情。

只有到了翻耕的季节，土地的脉动才把它召回，加入到村庄的烟火中来。祖父把它摁倒在饱满的河水里，拿一把稻草慢慢擦拭，事实上，它已经够干净了。但祖父还是擦得很用心，反复地擦，反复地洗，连一条小缝隙都不放过。祖父自认为收拾得一尘不染之后，背回来放到屋坪里，让太阳慢慢把它晒干。祖父拿起他那把发黑的长长的烟杆，装一袋烟点燃，边嗦嗦地吸着，边围着犁铧转圈，不时用手抚摸一下，嘴里念叨着，真是一张好犁，又吃泥，又扯不断。犁铧的好坏我分不清，但我见过人家翻地，泥吃深一点，牛脖子一耸，猛一用力，嘎巴一声就断成了两截。

太阳满满地堆在犁铧上，犁铧像一面镜子，反射出冷艳的光芒，水珠给镜面打上糟糕的斑点，但还是能把人的眼睛刺得一塌糊涂。

到第二天，祖父出去翻地，牛在前面走着，祖父和犁铧走在后面。外边到处能听到赶牛的吆喝声，一张又一张犁铧插进村庄的泥土里，泥巴和泥巴上厚如棉被的紫云英翻起来的那个空隙，阳光正好打在劳作的犁铧上，透过浅水折射回来，周围的路瓦楞、树梢、池塘里有数不清的光斑在晃荡，像是村庄里的一个个游魂。空气的成分陡然变得复杂多义起来，那是青草混合着新泥、牛粪、汗臭的味道，对准路人的鼻子长驱直入，想伸手去遮挡，很快打消了这个念头，发现这味道竟是生活的枝丫，早已沉埋在身体的某一处皱褶。

一张张犁铧在村庄的土地里鱼一样游动，这时的村庄，撕开了伪装，完成了与心灵最完美的对接，犁铧过处，枝枝节节，都在响着暴芽的声音。

翻耕一干就是十几天，那时候，祖父还是生龙活虎的。好几块地，一天就能翻完，泥吃得深，翻得整齐，没有人能比过他。上屋的生老子和他比过几次，但每次都输了。生老子不服气：你不就是靠着那张好犁！祖父说，那我和你换张犁试试，生老子不敢再比了。

到了黄昏，祖父赶着牛从地里回来，屋里已经点上了煤油灯，灯火里的犁铧还沉浸在劳作的时态，像一条河一样淌着水，祖父把它轻轻放回墙角。我有些不明白，一张犁铧，随便丢在哪里都可以，为什么偏要放在屋里呢？弄得屋子里水汪汪的。

后来我才知道，犁放在外面，夜里会打露水，沾了露水就会长锈，长了锈就坏了。这是祖父的原话。别看祖父长得粗大，其实很温和，成天笑呵呵的。祖父告诉我，这张犁是他父亲也就是我的曾祖父留下来的。曾祖父小的时候，家里开了一家药铺，后来家道衰落，药铺关了，地和房子也卖了，四十岁的曾祖父租了人家的一块地学做农活，用一张犁养活一家人。我无法想象一双瘦弱的抓惯了药材的手怎样驾驭那张笨拙的犁铧，顺溜地把土地翻开，这个我从未谋面的男人，到底是如何做到的？

虽然我知道了犁铧的来历，打着沉重和温暖的烙印，但我还是怕它，它那冰冷的雪光里，好像总带着一股腾腾的杀气。可我的哥哥姐姐们不怕，他们没事的时候，会随手折一根树枝，在犁铧上胡乱地敲打，当当，当当当，像寺庙里的钟声，这是他们聪明的发现，犁铧除了用来翻地，还可以是不错的玩具。祖父看到了，不知从哪里找来一些式样不同的铁块，来，敲这个，犁会敲坏的。他们立马丢了犁铧，拿起铁块各敲各的，嘈杂声顷刻把屋子塞得满满当当。也许是犁铧的声音更好听，没过几天，他们又把铁块丢了，敲起了犁铧。

祖父慢慢老了，用不动犁铧了，父亲接了过来，还是在同一片土地上，一次又一次把老迈的泥土一页页翻开。新翻的一页泥土，就是祖父曾经翻过的一页，只是祖父的那一页已经找不到了。父亲留下的犁痕，就是祖父当年犁出的沟壑。原来，土地和人一样，都在延续着同一条血脉。

犁铧转到两个哥哥的手里时，没用上几年，村庄里的犁铧便在机器的轰鸣声中败下阵来。我家的犁铧也随着大溜，沿着一条曲曲弯弯的路，走到了谢幕的时刻。

圣埃克佩里说，人们不是为了犁铧才去耕种。有谁会为了一张犁铧去耕种呢？

祖父和父亲用同一张犁铧，每年重复着把村庄的土地犁开，将我们这个家、这个村庄的黑暗和饥饿埋进泥土，等到盛夏和寒秋，结成灿烂的谷粒。

现在，犁铧被放到一栋空房子的楼上，燕巢已经空了，燕子不再来去，蛛丝横织竖结，四周草丛里的爬虫迁移过来。犁铧沦落到这步田地，很快衰老了，锈蚀攻陷了它的眉心。

沿袭一条血脉的犁铧，没有人再提起它，都把它给遗忘了。犁铧在空荡里看得到时间的来来回回，它在时间的来回里反刍着自己的傲慢和辉煌，反刍着一个村庄的来路。它的命运，不需要谁来预测。

村庄大小，已经容不下一张犁铧。

我偶然回去，还能看到它，只是我不再怕它，我和它默默相望，从它衰败的眉眼里，能感知到传递过来的泥土的温度。

擦去时间堆叠的锈迹，上面有一行清晰的字：光绪二十四年。

它是我家唯一的古董，是我那个村庄的图腾。

被一只老虎追赶

老德活在一个传说里，直到死，也没有从传说中翻过身来。

我时常在村庄里看到老德，噔噔地走在那条土路上，身后的影子跟着一跳一荡的。那时的老德活在真实里，现实像镜子里照出的影像，一样一样清晰地端到他的面前。

村庄里的人都知道，老德的天空突然破了，没有天空的遮蔽，霜雪直接覆盖到他的头顶。他顶着这方没有修复的天空，再也没有走出来，一个人大半生活在自己的世界里，也是一种幸运，人事的疏离，可以掩盖挤进来的罪恶。

老德再出现在村庄里，他周围的时间，已经属于晚上，黑色的衣服，再加上脸上蒙着的那块黑布，如果说像古时来去无踪的剑客，不如说是一个潜伏在村庄里的黑色幽灵。

大人们说，老德怕光，只要有光就不出来。

老德已经习惯把自己埋在灰暗里，像默片中一个衰老的镜头，一堵瓦墙，几棵路边的野树，半蓬蒿草，成为镜头最近的背景，再远一些，是缭乱暗哑的灯火，杂着几声虫声或者犬吠。应该说，就是顶尖的摄像师，也拍不出这样的镜头来。

世界静得发慌。老德可能也意识到了这一点，突然"嗬嗬"吼上几声，声音拖到无限长，尾音如波涛一样在夜色里澎湃。

听到的人说，老德又在喊了。虽然，很少有人听到。

老德也有不同平常的时候，会絮叨他那个秋天的经历。但很少有人听，他那次经历，那时候村庄里的人太熟悉了，再也勾不起听下去的欲望。

一个秋天的黄昏，老德进山捡柴，误把一只虎崽带了回来，回到家门口放下柴火时，才发现一只老虎跟在身后，暮色里，眼睛像两盏黄色的灯笼。老德吓得瘫在地上，老虎顺势一扑，叼走了虎崽，将老德的脸抓得血肉模糊。这是老德那次经历的简写版。

在村庄里遭遇老虎、豺狼、野猪之类，是平常事。只是老德是个例外，抬回屋里后，嘴里叽里咕噜着什么，村里人都说，老德在山里惹了鬼，只要请道士来驱鬼，把附在身上的鬼赶走，自然就好了。

老德的老婆没钱送老德到二百里外的县城治疗，只好请来一个长胡子道士，还有几个乐师，为老德驱鬼。

听到这个消息，我心中甚至产生了一个邪恶的念头，幸亏老德惹了鬼，一场热闹才得以从构思直到上演，一连几天，我都沉醉在一种大戏即将拉开序幕的魅惑里。我知道，在村庄里，有这个邪恶念头的，绝对不止我一个人。

那天晚上，村庄里的男男女女都去了，我也跟着母亲夹在人群中，老德家的大门边挤满了黑压压的脑袋。

道士站在堂屋中间，手里拿着一块漆成黑色的木头，木头上潜藏着龙虎，大人说那叫令尺。两边坐着乐师，表情僵硬，锣和鼓敲得一屋杀气，相比之下，唢呐柔和一些，呜啦呜啦像女人的哭泣。道士满屋子乱窜，一会儿东一会儿西，嘴里不停地念着什么，一会儿变成了唱腔，声音拉到高如云天，突然又从高天里垂直跌下，在凄迷的夜色里，让人产生一种眩晕和虚幻，感觉来到了另一个遥远的世界，混沌初开，闪电像蛇的舌头跳荡，神挥动着天空的巨手，嘴里发出梦呓般的吟哦，赐给人世间无尽的福祉。

唱过一阵后，道士令尺一拍，一口酒噗地喷在老德的脸上。躺在屋角的老德显得很平静，不动也不喊，谁也不知道他意识里的内容，从他的表情猜测，似乎这就是一场洋溢着喜气的社戏，生旦净末丑哭笑着在戏台上旋转，又一次把虚情假意抛给戏台前蹙眉瞪眼的傻瓜，他也是挤在人堆中的一个傻子。

驱鬼的仪式一直延续到子夜，锣鼓声里的杀气更重了，一块完整的夜色早被敲得支离破碎。道士谢过神后，锣鼓声戛然而止，看热闹的人紧接着一哄而散。喧哗过后，村庄静得彻骨，像一座早已荒废残破不堪的教堂。

回家的路上，我问母亲，老德这下会好了吧？母亲可能困了，回答得有些含糊，应该会好了吧，然后叹息一声，不再说话。

四处有脚步声，在静夜里橐橐地敲打着路面。遥远的天边，埋伏着几盏即将坠落的星光。

驱过鬼后，老德变了一个人，怕光，不再说胡话。到了晚上，才会在村庄里现身，缩在墙角和树下，孤零零的一个黑点，像残书中的一渍浓墨，成为夜村庄里的一个异数，一粒尘埃。

刚开始，对老德的遭遇，还有人啧啧叹息几声，以此表达自己内心的善良。也有人在他难得的清醒时刻听他讲自己的经历，在他的絮叨中再一次得到心理上的满足。

慢慢村庄里的人就忘记了老德的存在，就像昨天晚上做的一个梦，梦里的景象真实而清晰，但早上起来，却一点也不记得了。

如果大人领着孩子看到老德，大人会告诉孩子，这个人叫老德，以前被老虎追过，傻了。孩子很惊讶，他在梦里被老虎追过吧？接着便传来大人和孩子纵情的笑声，风呼啦啦过来，一会儿便没有了痕迹。

村庄里有人戴了一块新手表，这件新鲜事为村庄贴上新的标签，也把老德逼进一个传说。

老德撇开了村庄，也或者说，村庄抛弃了老德。

只是到死的时候，老德都不知道，自己已经变成了村庄里的一个传说。

一条生命的终结

村庄里的人，命硬，在物质匮乏的年月，活得像石头一样顽固。这些顽固的个体生命，像家家户户屋顶上拉直了的炊烟，昭示外来的人们，这里并不荒芜。

其实，这只是浮泛的内容，开在水面上的花朵，揭开它的表皮，便可以窥见它的苍凉和空洞，这种掩盖下的真实，已经被这块土地上的人们接受和习惯。

银癫子就在这种背景下进入村庄的内容，只是具体的时间节点，没有一个人能记清楚，有人说是谷子黄的时候，也有人说是栗子熟的季节。

银癫子刚癫的时候，村庄里一片惋惜。但是没过多久，就有人暗地里欢呼起来，因为银癫子改变了人们的生活结构，让一个村庄发生了还原反应。

可以这样说，银癫子是一个可爱的癫子。不单我们这些小孩子愿意跟在他身后，村庄里的大人也不讨厌他，看到他来了，眉眼反而很快舒展开来。

有时在地里做农活，看到银癫子过来，便丢了手里的农具，找他逗乐子。

银癫子，唱首歌。银癫子就乖乖地唱起来，银癫子的歌声浑厚干净，唱得最好的是《洪湖水浪打浪》，婉转悠扬，和收音机里的八九不离十，大家坐在路边，沉浸在一个癫子的歌声里，似乎眼前真有了渺茫的湖水，一张张银色的网凌空撒下，渔网里跳跃的鱼虾在阳光下荡漾着鳞光。

唱完了有人再叫，银癫子，念首诗听听。银癫子不回话，仿佛是在酝酿感情，以便很快进入诗的意境。他念的是毛主席的诗，轻重舒缓处理得很好，饱蘸着自己的感情，普通话标准流利，村庄里没有人能做到这些，如果外人听到，以为是在舞台上朗诵。

有人觉得还不过瘾，银癫子，写几个字看看。银癫子弯腰捡起一根树枝，摆开架势在泥沙地上写起字来。我看过不止一次，那样子就像一个出色的书法家在挥毫泼墨，一笔一画龙飞凤舞，一行写完，竟有了说不出的潇洒飘逸。

突然没人说话了，像约好了一样。只听到风从头顶上哗哗地过去，一下子跑远了。田的那边，一头老牛哞哞地叫了两声。

短暂的安静后，大家好像才记起，刚才那个人是个癫子，便说笑着继续干活，手里的农具不再是懒洋洋的，突然间虎虎生风。

被冷落的银癫子，木鸡一样呆在河边，看着远处的某一个地方，目光呆滞，他又回到了自己的世界里，这是属于他的世界，门扉紧锁，没有人能走进去。

银癫子真的疯了，这不是他的宿命，是因为一个人锁住了他的心门，而他自己，偏偏把钥匙给弄丢了。

从银伢子到银癫子的过程，很简短，村庄里流传着一个版本，也是唯一的版本。

那年银伢子和他心爱的女孩一起参加高考，银伢子基础好，能写会唱，熟悉他的人都相信，金榜题名是铁板上钉钉的事，而女孩却一丝希望也没有。于是银伢子便和女孩对调了试卷，结果女孩考上了，银伢子却落榜了。

落榜后的银伢子并不怎么在意，因为女孩答应大学毕业后就嫁给他，何况自己可以再考。刚开始，女孩隔几天写一封信来，但还不到半年，便杳无音信。

银伢子躺在床上不吃不喝，等他再爬起来的时候，肉体和魂灵一同滑进了一个人的世界，那是一个倾斜的世界。他的名字也捎带着改了，变成了银癫子。

虽说是流传，但没有人怀疑过，也不容去怀疑。因为村庄里的人能说出女孩的名字，住在哪里，上的什么大学。也有人痛骂银癫子是蠢宝，三只脚的木马不好找，两只脚的女人遍地都是。咒骂失去了它的意义，和考证流传的真假一样，因为银癫子已经疯了。

我经常看到银癫子沿着村庄那条路走着，蓬乱的头发像地里的茅草，腊黄的脸上胡子快要封住嘴唇。那时，他似乎患上了失语症，不再唱歌，不再念诗写字，就这样走着，好像从来没停下过，行走成了他生命唯一的主题，他没有了家，路，就是他的家。

走累了，天黑了，随便往路边一倒，等到醒来，有了力气，又会沿着那条路，继续向前。只是令人感到奇怪的是，他一直没有离开过这个村庄。

是否村庄还牵着他的某一处疼痛？村庄的气息还驻扎在他时

间的镜像里？

早早晚晚，总会有一群孩子跟在他后面，想听他唱歌，或者说几句什么，甚至骂上几声，他似乎从来也没有看到过，也从来没从嘴里迸出过一点声音。在他的意识里，村庄只属于他一个人，他变成了这个村庄最孤独的主宰。

有一年冬天，下起了大雪。银癫子冻死在路边，等到有人发现，尸体已经僵硬。这一次，没有叹息，好像银癫子就应该这样冻死，也只有冻死，才是最吻合人道的结局。

没有人想起过，要去祭奠一场尚未开花的爱情，向爱情的殉道者致敬，毕竟，我们的生活，最缺乏的就是把生命献给祭坛的圣徒。

也没有人诘问自己，是否要为这条打破村庄的沉闷让自己笑过、哭过甚至光明过的生命，唱一首凄伤的挽歌？

他同样没有给我带来更多的思索，一条生命到底应该以怎样的形态呈现于世界，它宏大的叙事里应该解构哪些重要的章节？

晓得不，银癫子死了。偶尔有人这样说一句。

哦，银癫子死了啊。这是答话的声音。

银癫子死了，一个卑微的生命已经终结。村庄不会再回到原来，穿着喇叭裤和丝袜的女孩正在路上踢踢踏踏地走过。

挖走的桂花树

那一年，我刚刚寄居在这座小城里，在市文化馆做一份差事谋生。

有天晚上，母亲给我打电话，那棵老桂花树卖了，一千三百块钱，明天要挖走了。到后来一直都没有想明白，母亲为什么要给我打这个电话。

还是要挖走了——看到一棵棵老树从四面八方涌进城市，成为高楼大厦的装饰，我便在心里偷偷做过不止一次准备，但当这个当口来临，一种说不清的情感还是像经过了流水的冲刷，在心底沉渣般泛起。

村庄里本来是有不少老树的，只是早些年被砍得差不多了，砍的都是一些实用的树，最多的是杉树、松树、樟树、梓树，用来出售或者建房子、做家具。只留下村中央那棵老桂花树，因为树干旋转弯曲，表面长满了疙瘩，又被雷劈掉了一块，做不了什么用，反而侥幸地活了下来。

那棵树长在一个小山包上，足足有一抱围，枝开得很高，稀稀疏疏的，看来真是老了。没有人知道它长了多少年，我问过祖父，祖父说，我小时候就是这个样子，也没见长。

虽然老，但年年开花，到了花期，随便村庄里的哪一家，只要在屋子里闻到香味，就知道是老桂花树开花了。远远望去，树冠里一袭淡黄，像裹着飘浮的尘烟，它悠闲地绽蕾，安静地凋谢，似乎在若无其事地翻一本书，把村庄的秋季轻轻打开，再送往周围每一片山山水水。桂花的花期短，等到花落的时候，树下一片喧闹，几乎家家的女人都来了，铺开一块块塑料布，等着桂花落下来。过些日子，桂花落尽了，便各自收回家去。

小时候，我每年都跟着母亲去收桂花，挑一个有阳光的下午，村庄里的女人相约来到树下，塑料布上，早已落满了桂花和枯叶，先将里面的枯枝败叶和颜色变黑的桂花挑出来，平时干活风风火火的女人们突然变得懒洋洋的，这种巨大的反差让我感到陌生和疏离。她们慢慢地挑，挑得很细，像在做一件艺术品。手慢悠悠地动着，嘴里忙着说说笑笑，嗓门低了，声音也软了，像一大家子人阔别经年后的重逢。说的都是些家常话，有为了自家男人之间的争执作解释的，也有交流教育孩子的经验的，还有的说着谁也听不清的悄悄话。平时都家里家外地忙，没时间细说，这时候机会来了，什么都可以说了，俨然一个无拘无束、畅所欲言的沙龙。太阳一点点挪到远处的山头，塑料布上剩下的桂花薄薄地摊开，小小的一片，沐浴在夕阳的余光中，像经过了清泉的洗涤，沉净而清爽，晚风轻拂，余香在桂花树下淡烟般缭绕。女人们见天已不早，将桂花收好，站起来捶着酸痛的腰腿，满足地笑着提回家去。

桂花带回家后，在太阳下晒干，装进一个干净透风的袋子，挂在堂屋的墙上。不做桂花油，也不做桂花糖和桂花茶，谁也不知道要做什么用，或者压根就没什么用，连一个摆设都算不上，但花落时节，女人们照样准时去收。

记忆中，与老桂花树相勾连的，是荡漾着的暖意，是那些粗粝的生活留给村庄唯一的柔软。

第二天，我请假一大早赶回了家，看到许多人围在那棵老桂花树下，我的目光从他们的脸上扫过，没找到特别的情绪，还是和往日一样平淡如水。大约，他们只是很好奇，一棵这么庞大的老桂花树怎么挖出来，怎么弄上车，怎么运走，在他们看来，这是一件几乎不可能做到的事情。

挖土机喘着粗气爬来了，把树下的土一锹锹挖开，挖开的泥土有一种腐烂的味道，盘踞在空气中久久不散。很快，坑越挖越大，根须裸露出来，盘曲在土坑里，像人身上纵横的脉络。在不远处等待的吊车一步步逼近，靠近树干后，有人从吊臂上扯下几根钢索牢牢地绑在树上，像在捆绑一个十恶不赦的罪犯。泥土不断地挖走，只听到轰隆一声，老桂花树突然离开了地面，斜悬在半空中，有几条树根被拦腰扯断，上面唰唰地掉着泥土。

悬在半空中的老桂花树，一脸惊惶，像一张陈年的遗像，早已黯淡了光泽，就算拿在手里细细地抚摸，也感受不到曾经叮当作响的泪和笑。我一边默默地看着，一边想象着它的前世今生，怎样变成种子，怎样落在这里，怎样发芽，怎样开枝散叶，怎样昂着头颅，把花香填满一个村庄。渐渐地，意识开始模糊，它变成一个个幻影，幻影层层重叠，在我的视角里绝尘而去，最后剩下一片虚无。

我擦了一下眼睛，在心里诅咒着自己可耻的背叛。

吊车吊着沉沉的老桂花树，平衡遭到了破坏，在土路上摇摇晃晃笨拙地移动着，从牙缝中挤出吱吱呀呀的呻吟，缓慢地爬行一段后突然陷进一个泥坑里，马达呜咽着，排气管里冒出滚滚的浓烟，可就是爬不出来。买主叫大家帮忙推，可是都像没听到一样，站在原地不动。买主从兜里抓出一沓钱，你们帮忙推，每人五十元。一下子围上去十几个人，哟嗬哟嗬地喊着号子，转眼就把吊车推出了泥坑。

老桂花树终于躺倒在货车厢里，一群人拿着锯子和枝剪，动作粗鲁地锯断它的尾巴，剪去它的枝枝杈杈，修剪过后，往日苍老多姿的桂花树，变成了一幅拙劣的动画。一声车喇叭刺破早春的宁静，老桂花树开始在村庄那条土路上移动。路不好，车子开得很慢，我跟在老桂花树后面慢慢地走，熟悉的一切从眼前——晃过，邻居家黛瓦白墙的屋子，高高低低浅草泛绿的田垄，田垄里正在吃草的牛羊……我没有能力阻止老桂花树被卖掉，因为承包山地的时候，这棵树和山地一起分给了一户姓巫的人家。我连叹息的权利都没有，只能跟在后面，像作别一位远走天涯的故友，默默地送它踏上通往异乡的路途。从此，它不再属于村庄，不再属于自己，只能在某一个孤独的地方，接受陌生的风欺雪压。

阳光有些潮湿，攀上山头越过田垄洒来，斜斜地照着村庄，照着我和老桂花树，我不知道它要去哪里，我甚至也不想知道。只希望它山一程水一程走过千幢灯火后，依然能幸运地活着，不要叹息，也不必回头遥望，一棵树的故园，已消散了古陌荒阡。其实，在从浏阳县城赶回家的路上就清楚，我能做的只有这些，但我还是回来了。

老桂花树被挖走了，村庄里多出了一个洞，裸露的洞口，黑漆漆的，像一盏被时间拧熄的灯。

　　陆续有人从村庄里搬走，坚守在村庄里的人家，墙壁上再也没有一个盛满桂花的袋子，那些暗香浮动的桂花，是内心深处的温暖，一个村庄的温暖。

隐匿在城市的村庄

一

我与城市，一直是疏离的，从未真正抵达。

经常是这样，我一头扎进楼群预留的深渊，把躯体掩埋在人和车的潮汐里，心却离开了我，不知去了什么地方，我发觉我的心开始背叛，不再完全听命于我。不止一次，我站在某一个十字路口发呆，在熟悉到厌倦的喧嚣里，我产生一种漂浮感，我感觉我漂浮在深水之上，繁华之上。我的身体软绵绵的，一点也不真实，似乎被某一样东西牢牢地卡住，动弹不得。等我明白这只是我瞬间的幻觉，又回到现实中时，心里竟会响起一声冗长的叹息。

我住的地方叫圭斋路，紧贴着大街，街上车来人往，有时候深夜醒来，听到窗外的车呼啸着来去，我很久都睡不着，黑暗从窗外升起，我掉进这无边的黑暗。我在心里告诉自己，城市是 A 型血，我是 B 型血，我和城市，不是同一条血脉。

有一个朋友，亲戚从乡下给他送来一条土狗，朋友很高兴地向我说着他的打算：我给它做了一个宽大的笼子，每天喂三顿肉，一周洗两个澡，把它侍候得跟神仙一样。等到膘肥体壮的时候，把它杀了，我请你吃正宗的绿色狗肉。朋友脸上洋溢着光彩，边说边打手势，像在构思一个伟大的梦想。我听得隐约，在想另外一些事情，我发现自己不断被挤压，日子以一种更快的速度向冷硬与刻板靠拢，连朋友这样率性的人也在忙着编写生活的程序。

后来，这条狗果真养得很剽悍，只是和朋友有了感情，再不舍得杀它了，散步的时候带着它走街串巷，人和狗亦步亦趋。有天晚上，朋友给我打来电话，说那只狗跑了，就在带着它去公园溜达的路上，一回头不见了。

很长一段时间，这条狗都没有回来，我惊讶于一条幸福的狗的消失，没有任何预兆，突然就离开了它的新主人，蒸发在茫茫的人市灯影里。它去了哪里？是什么驱使它义无反顾地离开？据说，狗有着持久的记忆，是不是它已追随它的记忆而去？我总是在辗转反侧难以入睡的夜晚，想起这件没有结局的事情。

几年前，对面的楼里新搬来一户人家，听说刚从乡下买到城里。我经常在接近深夜的时候，看到这家的女主人搬把椅子坐在阳台上，把灯打开，对着镜子往脸上抹各种各样的膏，擦一层层的粉，擦完又洗，洗完再擦，一次又一次不厌其烦地重复，如果不明内情，以为在举行某一种仪式。我猜想，她白天应该在忙着生计，只有晚上做完家务后才有时间，她想改变自己的脸，去掉太阳暴晒过的颜色，抹去庄稼甚至是牛粪留在上面的气味。我并不觉得她这样做有什么不对，尽快地融入这座城市，成为一个地道的市民，能让她在亲戚朋友面前赢得脸面，给她带来更多的方便，甚至还有利益。这应该就是她进入这座城市的初衷。

我是在一个冬天进入这座城市的，像一滴水跌入更大的水，没有声响，以一种很快的速度。只是事先我尚不知道，水系有一种可怕的属性，有时候，水并不一定融入水。我以一滴水的形态，逐着城市的洪流沉浮，一直在寻找我和城市的感应，我这样做，并不是为了抵达和融入，我只想证明我的存在，回到我自己。

二

不上班的时候，妻子收拾好家务，最喜欢做的事情是看日历，日历像平常一样，打开在那里，她拿一支笔在上面涂涂画画，一边画一边念叨，昨天是多少号了，今天是星期几了，明天是小满了，后天是立秋了。这也是城市里的人最喜欢做的一件事情，他们往返于繁华，日子早已定格，同样的街道，同样的高楼，今天的面孔，色调和气味，都是昨天的还原，对于节令的变化，就靠挂在墙上的日历来掌控。

我不习惯看日历，流动的意蕴凝固在一张干枯的纸上。节气不是一个象征，它温润、柔软、饱满，赋予大地多义的内涵，无限的畅想，它轻轻一笑，或者眨一下眼，便是杨柳风，杏花雨，是泛着桃花的水，是农人青青的斗笠，是一双孩子的赤脚。它怀着农夫对土地的忠诚，用自己的经文唤醒大地之上的事物。而一身油墨味的节气，不再是节气本身，它抽象、单调、干瘪，失去了色彩、味道，变成一串僵死的数字和符号，毫不费力地烙痛我的神经。

我习惯去北正路。其实北正路有很多地方让我不喜欢，处于这座城市的中心，医院、学校、银行、超市一样不少，水果贩子、板车夫、测字算卦的、收破烂的、卖老鼠药的，都往那儿挤，车经常堵得让人眼冒金星。那是城市中的洼地，一个最像城市的地方，一本村庄的反面教材，所有的喧嚣和繁华都从一条条小街小巷流出，汇集到这里，泛滥成一片汪洋。各种声音像一台绞肉的机器，连人们留给城市唯一的一丝暧昧都被搅得粉碎。裹挟在其中，腾挪躲闪，走走停停，感觉自己约小于一粒尘埃，变成一个影子或者一种虚幻的存在。

不过，我还是愿意去那里，它吸引我的，是街两边那古老的法桐，那些法桐已有了年头了，比脸盆还粗，长长的两溜，绵延好几公里。到了盛夏，它们尽情地打开自己，撑起一条"绿色通道"。其他的街道是看不到法桐的（被老年大军攻占的公园里也看不到），种着清一色的香樟，香樟是一种毗邻麻木的树，一年四季捍卫着同一张面孔，时间对它们而言，是没有意义的数字。很容易让人想起人到了七十岁以后，时间就对他们不起作用了。你今年看到，和去年一个样子，你明年看到，和今年没有区别，你后年再看，和明年还是没有两样，仿佛时间的车轮就没有从他们的身上碾过。年届古稀，早已淡忘名利看透生死，发现年轻时心心念念的爱与恨，也只是一缕飘散的青烟，自然就找到了对付时间的办法，任你来去，我自岿然。时间奈何不了他们，索性掉转头去眷顾孩子，欺负中年，将力使在他们身上，几乎每一天都能看到这种力的效果，让人惊喜而恐惧。

我是从心里反感那些香樟的，我之所以偏爱法桐，是它天生具备了雍容的气度，懂得宽容一个世界的折腾，用枝枝叶叶淘起风雨，储存于年轮和脉络，慢慢发酵，然后配额释放，在城市之心层递日子的序列和丰饶。

我经常走过那些法桐的早晨和黄昏，我从它们的眉眼里，相逢节气的影子。节气是一群候鸟，它们迁徙的时候经过城市的上空，找不到落脚的地方。好不容易看到这些法桐，像长途跋涉者日高人渴时邂逅了一个长亭：真是个好去处，我就在这歇个脚，抽一袋烟，喝几口水，再赶路吧。结果，我就清楚地看到了它们，芽要爆了，立春来了；叶嫩得招人爱了，该是雨水了；叶子褪色了，差不多白露了。不敢说百分百的准确，绝对八九不离十。二十四个节气，一个接着一个，来来回回。它们在枝叶上驻足、喧哗，直到默然无语地关闭自己充满宿命感的色彩。节气的实质，是经验与智慧，每一个节气都是对应着物候和农事的，城市里不种庄稼，没人关心农事，但它们总是充满耐心地复述我的记忆，春生，夏长，秋收，冬藏。

我常常会忽视身边的纷扰，陷入一种恍惚，走近一片青碧的秧苗，看到灿烂的稻子，牛和羊，高高堆起的草垛，一棵结满霜的树。我能听到我平静跳动的内心，感受一种源自土地深处的气息，把我唤醒、推倒和重建。

三

在内心里，我抗拒夏天的到来，尤其是进入城市以后，这种抗拒愈演愈烈，虽然我的抗拒不起任何作用。

一到夏天，每一条街道都像在燃烧，房子着了火一样，连行道树都像一个个高擎的火把，让人的心里也烧起一把莫名的火来。我想，有我这种感觉的人应该不在少数，要不，人们不会给夏天取一个充斥贬义的名字：苦夏。

我和妻子相反，排斥空调，清凉之夜固然容易打发，但一大清早爬起床，钻进滚烫里，这种巨大的温差，往往会弄伤我身体的构件，一块肌肉、一根气管，或者另外一个我自己都说不清的什么地方。就像我的人生，习惯了平淡、清简，经不起冰火两重天的折腾。

有天晚上，入睡时下起了雨，滴滴答答的，本以为能享受一个难得的凉爽之夜，但后来还是被热醒了，爬起床来，发觉身上黏糊糊的，只能到卫生间冲凉，缓解浑身的不适。我刚打开水闸，便听到了青蛙的叫声，我以为睡眠不好，出现了幻听。等我细听，确实是蛙声，一声接着一声，像对阵时的鼓点密集地传来。

卫生间正对着一栋"一"字型的七层楼房，房子过去本来也是一片房子，但在去年便打上了大大的"拆"字，早已人去楼空，剩下一具具等待化作泥土之后东山再起的空壳。空房子的后面，是一座小山。仔细想一想，应该是小山上的青蛙长期置身城市的重重压迫，其中的某一只无意间发现了这么大一片空旷，欣喜之余，便呼朋引伴，毫不客气地占为己有了。

在这个炎热的夏夜，在灯火渺茫的城市脏腑，蛙声从空无一人的高楼下响起，穿透灯影、梦呓、鼾声，最后越过对面盖着灰瓦的屋顶，如一圈圈的涟漪撞击我独立的影子。它们无意之中筑起一条时光的通道，把我推回少年的村庄。

村庄从来都不是寂寞的，虫子、鸟、牛、羊、鸡和狗，还有各种兽类，组成一支浩荡的乐队，独唱、合唱、二重唱、表演唱，不在乎形式，也不讲究唱法，美声、民族、通俗，一齐上阵。不管花样如何翻新，都有一种顽固的穿透力，像一枚楔子一样钉入你的心灵，在你的心里荡来荡去，它们从未想过让你迷失，而是让你分明地感觉到，你和声音是隔开的，你是你，声音是声音，你存在，声音也存在。

在这个高手云集的舞台上，青蛙总是担任着主角。特别是夏季，早稻刚刚收割，稻田还没来得及翻耕，夜晚，一场暴雨刚刚停歇，一只只青蛙像约好了一样，从树底下，河洲上，草甸里，扑通扑通地跳出来，把雪白的肚皮偎在新割的稻茬上，两条后腿埋在亮汪汪的水里，露出青青的脊背，昂起头开始了盛大的演唱，它们是出色的歌唱家，不需要作任何准备，张口就来。呱——呱呱——呱呱呱——不时变换声部和拍子，没有人去搅扰它们的雅兴，都知道它们唱累了就不会再唱了。其实平时也一样，人们任其在村庄里自生自灭，把虫子变成自己的食物或者把自己化作一条蛇的营养。

它们为什么歌唱？土地？村庄？季节？丰收？一场骤雨？或者什么也不为，就是高兴了，想唱就唱？我不知道，蛙们没有告诉我，告诉我也没用，我没学过蛙语。天空刚刚洗过，蓝得干净、深情，月光的碎片洋洋洒洒，追逐着雨的尾声落满小路，田野、屋顶、山峦，夜风在各种事物之间兜兜转转，把萤火逗弄得一闪一烁，空气中流播着稻草新鲜的清香，吸一口气，感觉每一片肺叶都清清爽爽。

城市就更不寂寞了，从来没杳寂过声音，汽车的轰鸣，人的欢笑、吆喝、嘶叫、呐喊、哭泣，喇叭的喧闹，钢铁的撞击，房子的倾塌，构成声音的总和，它们绑架你的听觉，轻而易举地把世界架空。我从未被掩盖和吞没，但我常常感觉到自己被掩盖和吞没，我失去的不止是方向感，还有自己的影子，以及我积累起来的对周围一些事物的简单的认知。

我的家人，和这座城市一样，已经沉沉地睡去，只有为数不多的几盏灯和我醒着，在未进入城市以前，我以为做一盏城市的灯也是不错的选择，可以彻夜不眠，睁大一双眼睛，阅尽鲜衣怒马繁华倾城，完成一盏灯的夙愿。后来我才想到，城市的灯和乡村的灯一样，命运的弦索从来都不在自己的手里。至少此刻，我比一盏睡着的灯幸运，沦陷在一片蛙声中，竟忘了起来是冲凉的，喷头上的水还在沙沙地飞洒，听起来像空山新雨的呢喃。我发觉身上那种黏稠感消失了，化作一层薄荷般的清凉。

四

因为职业的原因，我的周末并不像人家那样悠闲。

不管忙到什么程度，我总要挤出一点时间去菜市场。我去菜市场，纯粹是瞎逛，没什么目的，就像我做很多事情一样。我甚至都记不起来，是什么时候，我与这个乱糟糟的菜市场一见钟情的。

这座城市有很多菜市场，我常去的是新村的那一个，那是个位于城郊的蔬菜批发零售市场。经常能看到不同色彩的时令蔬菜在这里集会，白菜、萝卜、丝瓜、茄子、南瓜、芹菜，还有野生的栀子花、竹笋、蕨菜，只要是地里长的，能当菜吃的，一样不少。它们像刚刚犁开土地的河流，一路经过小镇、烟村、人家，携着灰尘，夹带着泥土、鸟声、爬虫的鸣叫还有菜农们的笑声、汗臭，流到这里后戛然而止。田野是它们的源头，事实上，这里也不是它们的终点，只是一个避风的港湾，歇一歇脚，整理一下衣襟，拂去满面的霜尘，再美美地睡上一觉，等待着大小贩子的到来，然后，分乘不同的交通工具，顺着谁也说不清从何处飘来的雾霾，以及汽车尾气的臭味、女人的衣香，源源不断地流入城市的腹地。

很快，菜贩子们和买菜的主妇一个接一个来了，菜市场掀开了面纱，露出真容，终于还原了菜市场的味道。不过，不管表面如何的吵闹和拥挤，它的情怀永远是倾向蔬菜的，身份再高贵、衣着再华丽的女人，一旦来到这里，照样和其他人一样，弯下腰精挑细选，为几毛钱争执不休，变成市井中庸常生活的一员。在这里，高贵富有与卑微贫贱没有任何区别，因为蔬菜从还是种子的那一天起，就拒绝高昂的头颅，它们只选择与弯着的腰对话。

城市是典型的实用主义者，连买菜也讲究实用，哪些是清热的、解毒的、壮阳的，哪种是补维生素的，哪种是降血压血脂的，哪种是抗癌的，都已贴上了隐形标签。好像无意间走进了一个中草药市场，买的不是菜，是中草药，买菜者早已在家里做足了功课，开好了方子，不需苦思冥想，只要照单买菜。

在我经验型的生活里，从来没想过蔬菜有这么繁复的功能，我在菜市场里胡乱地走着，只看见它们躺在车厢里、板车上、老婆婆的篮子里、少妇的背篓里，或者一块塑料布上、地上、摊位上，它们静静地躺着，早晨和黄昏，风和雨、阳光、雪，人和车的纠缠，好像都和它们没有关系。我从它们身边走过，它们依然闭着眼睛，呼呼地睡觉，没有看我一眼的意思，我只得放慢脚步，不惊扰它们的好梦。它们大概以为，菜市场还是那个偌大的菜园，它们就躺在大地的母腹之上，享受着自然的恩宠。

母亲还健在的时候，我家也没有菜园，其实我很想有个像样的菜园，围着高高的竹篱笆，里面一年四季青葱荡漾，可惜没有。我家的菜地是东一片西一片的，这里一片辣椒，那里一畦黄瓜，另一个地方一块苋菜，某一处田头一架丝瓜，一蓬扁豆，那些菜地，离家都很近，要炒菜了，临时到地里掐一把，用泉水冲一冲，热锅热灶炒了，吃到嘴里清爽甘甜。我逢年过节回家，临走时母亲总要在我车上放几把菜，并反复交代，这是没放化肥的啊，也没打农药的啊。母亲并不知道，这种菜在疯狂扩张的城市里早已有了另一个好听的名字：绿色食品。

菜市场里的菜，自然是用农药和化肥喂出来的，自然不如母亲亲手种的味道好。但我依然流连其间，心存感激，是它们，用自己的文字，以白描的手法向我透露节令的行藏，我沿着它们的张驰疏密，通向一条连着季节的路，从一枚拱动新泥的笋芽出发，直到听取一棵大白菜上的冰雪。

五

经常听到身边的人说，等我老了啊，回乡下买块地，修几间房子，然后养几头猪，养些鸡鸭，再挖口塘喂些鱼，就这样老死山林算了。俨然一种厌倦红尘退隐江湖的语气。

说这些话的人，有的刚刚老去，有的早已老了，但他们并没有回去，仍然龟缩在城市的一隅。沉埋在想象中的路口溪桥，竹外桃花，总在疏于防备的时候偷偷钻出来，撩拨他们新添的白发。

在城市的虚妄里，我们被很多的东西切割、瓜分，忙着收拾破碎与支离，我们是自己的存在还是存在的自己？我经常在想，在这个多维的空间里，不单单是我们，万物都在寻找着对应的脉息，寻找属于自己的坐标，像男人在寻找那根丢失的肋骨。我们这些村庄里的出逃者，一直都在追寻一个隐秘的村庄，那是最后一处没有结痂的柔软，一块无限大的版图，住着我们的祖先，我们的过去，现在，还有不可预知的将来。我们经常能看到，我们的灵魂在那片空旷里来来往往。

接近深夜的时候，我还是会望向对面的阳台，我希望看到那个女人，安静地靠在一把椅子上，衣裙衬着薄薄的灯光，一双手不停地在脸上摩挲着，只是，我已经很久没有看到她了。

蛰伏在自己的城

一

还是在三年前，我决定改造我的生活。我的生活好像坏了，不是这里穿了一个孔，就是那里裂了一条缝，我每天要应付的一件事情，就是将生活修修补补，堵塞其中的漏洞。

我在脑子里产生了一个疑问：是生活伤害了我，还是我伤害了生活？

我是一个忠于感觉的人，还是在大山里坐在田埂上的时候，我就觉得自己属于山外，故乡虽好，不是久居之地。等我到达山外之后，我又觉得自己不属于这里，我属于另外的地方。

有一年在雪乡，大雪苍茫。我独自在少人的雪地里行走，我朝着一片空阔越走越远，木屋和灯笼逐渐在身后退去，重重山影向我逼来。我不知道我这样走了多远，等到我回过头来看时，大地在阳光里变成了一面镜子，这面镜子好像突然有了某种力量，在映出我影子的同时也照出我的灵魂。在那一刻，我觉得我的上辈子就是那种属于雪的人，在雪乡的深山老林里有一处木刻楞，地上铺着干燥的苔藓，椅子和桌子上垫着沉暗的兽皮，旁边的大树下是圈养的驯鹿。我每天背着猎枪进入林子，手臂上的猎鹰目光犀利，跃跃欲飞。傍晚，我踩着嘎吱响着的冰雪回来，劈柴高高堆起，正在噼里啪啦地冒出火星，火焰映红了我腰间盛酒的铜壶，狐皮帽子上的残雪。风卷着火苗和蓬勃奋飞的雪，在夕阳里一路呼啸，掠过莽莽不着边际的林梢。

去年冬天，内蒙古的文友过来，我陪他在一家小餐馆里喝酒。酒酣耳热之际，朋友邀我去他家那边，他说要带我进入草原腹地，那里半天看不到一个人，有一路流浪到天际线的草，天空蓝得比恋人的眼睛还深情。他还说你一定要六月来，六月的草原是草原的青春，走在六月的草原，脚板长草，掌上流云。我因为诸般原因，一直没去过草原。经朋友这样一煽情，我觉得我的前生不一定属于雪，也可能属于草原，骑着大马，挽着长弓，唱着蒙古长调在草原上奔驰，马背上驮着一壶晃荡的老酒。我没有蒙古包，我是那种不需要蒙古包的人，饿了就喝马奶和酒，渴了就俯下身子饮叮咚响着的泉水。夜晚躺在草地上，草丛丛簇簇，我感觉我就睡在浩浩荡荡里。月光清冷，露水滴落，不远处隆起的土丘上，一只毛发油亮的狼正朝着天空长啸。

这么多年，我从不在节假日出去走动，因为有几回看到网上晒出的图片，在假日里，长城、香山、九寨沟这些地方成为铺天盖地的人海，什么都看不到了，只剩下沙丁鱼一样的脑袋，我怀疑这个世界所有的脑袋都集合到了那些地方。如果把我丢进那里，我会感到窒息，产生一种无以复加的恐惧。不知是什么原因，在我心里已经形成了一种定向思维，我觉得在这个世界上，最让人感到恐惧的就是人海。

有几次做梦，我梦见自己孤身一人背着背包，正走在可可西里无人区，道路崎岖，有的地方是仅容一人通行的，有些道路被巨石阻断，周围的山上没有树也没有草，灰暗如刚刚经历了一场死亡。从我有限的地理知识来看，在这样的地方行走，并不见得比汪洋人海里安全多少，危机八面埋伏，突如其来的雨雪冰雹和猛兽都有可能让一个人彻底玩完。但梦里的我并不感到害怕，反而觉得特别踏实，真好，这么大一片地方都是我的，前无古人，后无来者，独与天地精神相往来。

我想我的上辈子肯定是生活在北方的，我的意识里还遗留着很多北方的元素。可能是命运要给我多一些经历，所以这辈子把我丢到了南方。说白了，我就是那种属于荒凉的人，习惯与冷落、宏大、辽阔为邻。荒凉是一种气息，一种看不见的力量，能打通我的任督二脉，剔除我的丧失感，让我感到我的存在。如果哪天要把我的生活画下来，无论用什么样的表现手法，荒凉是不可或缺的背景。

人活久了，世界在眼睛里变得越来越透明，觉得在这个一眼就能望穿的世界里，让人怦然心动的东西越来越少，设想我是一块钢铁的话，这个世界的磁场正在慢慢地消失。

我推掉了应酬，拔掉了网线，谢绝了各种邀请。朋友说你这样做人家会说你清高，容易开罪于人。嘴长在人家身上，我并不在乎别人怎么说，我只是感觉我应该这样，就像鸟宿于林，风起于末。我想与这个世界保持一定的距离，我要不断地加固城墙，厘清四周的疆域，然后开始像一条冬天的蛇一样蛰伏。

二

做雕刻的朋友送我一串手链，十二颗珠子，黄里带绿，穿成一个心形。

他说，这是我亲手给你做的，用的是上好的料，金丝楠的阴沉木。见我不作声，他以为我不相信，他把手链抓在手里，然后打开手机电筒照在珠子上，你来看看这些金丝。我凑过去，看到在那束纤细的紫光下，隐约浮动着一丝丝金色的东西。

那条手链来到我这里以后，我没有戴过一次，并不是我不喜欢，我只是觉得我不适合戴一串手链，我说不出我为什么不适合。记得有一次和一个暴发户共餐，他挽起袖子指着他的手链说，我这条链子行家鉴定过了，值三万五千元。我瞟了一眼，很平静地哦了一声，他没有看到我吃惊的表情，大概有些失望。当时我心里极其厌恶，一条手链，显摆什么？想起有一次爬山，在山顶听到几个年轻人在使劲地呐喊，那时也觉得不堪忍受这样的嘈杂。后来才明白，能显摆也是一件好事，显摆财富也好，显摆青春也好，说明还有显摆的欲望。而我，连显摆这样的事情也不知从什么时候开始就懒得去做了，当然，我这样也没有什么不好，我已经没有了显摆的冲动，也就谈不上失落和感伤。

读书写作累了的时候，我靠在椅子上，把手链拿到手里摩挲一番，我不是佛教徒，我这样做，不像那些舍世之人，想借此消除虚妄之心，以证菩提，就涅槃。我纯粹是为了好玩，缓解一下身体的疲乏。

时间长了，我就慢慢喜欢上了这串手链，在安静的夜里，我经常能闻到它散发出的木质的清香。眼前似乎有了一棵大树，看到它的枝枝叶叶，听到它的风风雨雨。我在想，这样一棵老树，到底会长在一个什么样的地方？如果在林子里，以它的高大，恐怕难逃斧斤之灾，前人早就有过告诫，"故木秀于林，风必摧之"。只有长在人家院子里，才能活这么久，长这么大。这样的院子可能是唐人的院子，也可能是宋人的院子。如果是这样，它就吹过唐时的风，淋过宋时的雨，见证过时间长河里的人事代谢。

也许，它还没那么老，就长在欧洲的某一座庄园，像马洛伊·山多尔笔下这样的奥匈帝国的庄园，"它（庄园）是那么大，森林和群山挡住了平原""大雪封住了庄园，就像一支寂静无声、严阵以待的攻城军队。夜里，獐子和麋鹿走出密林，站在雪地上，月光下，朝庄园亮灯的窗户张望，歪着脑袋，睁着优美、专注、折射着蓝光的黑眼睛"。只是后来，因为种种原因，庄园和树一起埋到了地下，庄园只剩下残骸，树得以完好地保存，还未来得及碳化就被挖了出来。然后，然后就辗转出现在我的掌心。

我常常想起这些，以这样一种方式进入一串手链的过去，我想我这是在和过去对话，我想过去的时间远比想未来的时间多，未来还没有来到，还是一张白纸，我懒得去想，而过去一直存在，本身就是留给人思想的。我在进入一串手链的时候，仍然会听到窗外有车驶过，呼啸声碰到两边的高楼后又折射回来，嘀嘀地响，像巨流穿过深壑时产生的回声。这时候我总会这样认为，这是别人的声音，响在人家的世界里，与我没有关系。

有天吃午饭的时候，妻子说，呀，你有白头发了。她的表情相当惊讶，好像我就不应该有白头发，我白了头发是一件极其反常的事情。后来我无意中照镜子，鬓角果然有了几根白丝，在众多黑发的庇护下还是显露无遗。我知道，不久这些黑的部分也会全部变麻变灰变白。如果换作某些人，有可能一脸的沮丧，赶紧去街头找一家染发的铺子，冒着有可能致癌的危险，一点点涂掉岁月的标识。

有几次去理发，理发店的小伙子到最后总不忘说一句，你染一下，会精神多了。我拒绝了他的提议，我懂得小伙子是一片好心，我知道大多数人都这样做，只是我觉得精神和头发的黑白没有关系，我的头上长了白发，不是时间的耻辱，也不是我的耻辱。

阎连科是我喜欢的作家，不只是喜欢他的小说写得好，更喜欢他说真话，他说："索因卡的头发和我的头发都是白的，但他的向上长，我的向下长，所以他的小说写得比我好。"

三

因为经常买书的缘故，旧的书不舍得丢掉，也不肯轻易送人，新的书不断加入进来，使书房越来越拥挤。书、报纸、杂志、碟片塞满了书柜以后，又占据了矮柜、条桌、凳子、地面，都说拥书而坐是一种福气，一直以来，我也是这么认为，可有一天我发现，这些书就像打了激素一样，开始膨胀，不断地朝着我挤压，抢夺我有限的空间。

一个下午，我准备把书房彻底清理一下，记忆中我好像还没有做过这样的事情。我一本一本地清，把那些可要可不要的狠下心丢到地上，书柜果然被我清出了一大片空间，然后再把其他地方的书放到里面。收废品的男人可能是难得碰上这样的收获，扛着满满俩蛇皮袋心满意足地下了楼。他的背影很快消失在楼道里，这一次连我自己都感到意外，这些朝夕相处的书驮在一个男人的背上义无反顾地离我而去的时候，我好像并没有怎么不舍。书房在那个下午难得地空旷起来，我在里面站着、坐下、走动，好像瞬间腾空了堵塞已久的心灵。

这时我突然理解了我的一个朋友，他经常去露营，有时候全家一起去，有时候自己一个人去。碰上时间不凑巧，他就会在小区的河边搭一个帐篷，在那里度过一晚。我曾经对他说，你这不是瞎折腾吗？他笑着说习惯了。现在想起来，我那时是如何的曲解了他的举动。

本来我是不爱喝茶的。待在山里的那些年月，到处都有为我准备的茶，渴了的时候，随便找一条溪流，俯下身子撅起屁股咕咚咕咚地喝个饱。

爱上茶，也是在我决定改造生活之后的一件事情。我觉得一个人一生做哪些事，都有一个相应的节点。我年轻时读周作人，觉得平淡如水，乏味至极。到年纪大点再读，便读出一坛陈年老酒的味道。

我经常喝茶，泡茶却简单，一个杯子，一撮茶叶丢进去，再加上开水，如此而已。不像人家，茶具在茶几上一一摆开，要洗茶，要过滤，要沉淀，就喝个茶，搞那么多穷讲究，看着都累得慌。

早先我喝的是普洱，喝普洱就是贪图那一点回味，一口进去，舌尖与唇齿之间有某种东西在慢慢蠕动，仿佛是风，又仿佛不是，无形无影，抓不住、摸不着，却又实打实地存在。有个下午我在溪口听越剧，就在剡溪旁边的一条走廊里，简陋的木架，顶上缠着一蓬青藤，看得出都是票友，几个年长者坐在木凳上伴奏，一个中年女人站在青藤下拿着话筒在唱，听得不是很懂，但那宽广的音域里的一转一滑一起一沉还是留住了我的脚步。喜欢一样事物，不为别的，有可能就是突然洞察了其中的幽微。

普洱是一种浓茶，太过浓烈的东西我无福消受，就像我的生活，经受不了大起大落一惊一乍。后来，我改泡绿茶，看着芽条在沸水里慢慢展开，就觉得茶叶和水真是这个世界上堪称完美的结合。水赋予了茶叶生命的温度，延续了它生命的长度，水也因为茶，而有了生气，潺潺流动。彼此又一次获得了生命，仿佛灵魂突然附体。对于绿茶，我几乎是喝的时候少，看的时候多，一个仅盈一握的杯子，装着一个没有边际的空间，青芽绿水，一派山河。凝望之间，我以为我正面对着一个季节，万物生长，绿肥红瘦。

真正契合我心灵的，或许是红茶了。轻轻的红，笼罩着茶叶和水，不浓、不淡，像是一段积攒了很久的时间，不肯拿出来轻易示人，清风不来，水波不兴。面对它的时候，我像是一个出色的侦探，总能沿着时间留下的蛛丝马迹，找到一片辽阔，天地空茫，凉雾在傍晚和早晨缓慢地升起。

四

我曾经以为，生活是冷硬粗粝的，清晨持续着黑夜，总是以同一张繁杂的面孔来到我的身边。我像是一个卑微的侍者，生活来了，忙着给它看座，敬烟、倒茶、它享受过我的接待以后，高傲地走了。然后下一批生活到来，我再一次重复上一次的谦恭。我不止一次地想起过中央电视台记者在采访一个牧羊人时的经典问答。你放羊为了什么？赚钱。赚了钱做什么？养娃。把娃养大了干什么？放羊。

现在想起来，生活的好坏与贫富没有关系，把生活格式化，忙着应付繁复的格式化的生活，除了留下伤痕和麻木，就再也没有别的了。

在说到生活时，戴维·梭罗有这样几句话，"简化，简化吧。一日不必三餐，倘若非吃不可，有一顿饭便足够了；用不着一百道饭菜，五道饭菜足矣；其他事项按比例往下缩减"。

生活是一枚钻石，每个人的生活都是不同的切面，与生活相处，没有其他的窍门，最佳的方法就是减法。

我选择了蛰伏，和世界保持一定的距离，站在生活的高处吐故纳新，呼出了不要的，纳入了想要的，我与草木亲近，与过去对话。不去听风、听雨，听外面的车往车来。我在自己的这座城里，相比于人家，现实的空间在不断萎缩，但只要我愿意，随时一伸手，就能触摸到宏大、荒凉与辽阔。

倾听夜的背面

　　夜的背面一直都向我们敞开，它寂灭、诡异、辽阔，像女人衰老的容颜，置于明朗的生活里，却照样被眼睛和感觉所同时忽略。我们的漠然，是因为没有逃脱习惯的左右。

　　我与失眠症，历来是等距的线条，并肩前行，互道安好。但在几年前的一个冬天，竟莫名其妙地走向了交集，就如一对决裂后老死不相往来的朋友，最终拗不过握手言和。这也使我像幽灵一样，被一种不知来由的魔力，推近夜的背面。

　　我原本是一个耽于睡眠的人，不是我要用旺盛的睡眠来消灭白天积累的疲乏，仅仅是被进入睡眠的那一刻所迷惑。多么美妙的瞬间啊——身体飘浮在高高的空中，变成一根鸿毛，慢慢往下坠，仿佛灵魂逃离了躯壳，最后像一个高明的泳者，优雅地扎进无边无涯的黑暗。我承认我是个贪图肉体享受的俗人，把这种纯粹靠肉体制造的感觉，看作最廉价的幸福。同是以肉体为成本的享受，它远比一场性爱来得容易，不需要谁的合作，真情或者假意。

　　我灵魂的深处，埋藏着一个死亡情结，曾一度以为，死亡就是这样的情形，但这只是猜测，毕竟我没有经历过。有时坐观光电梯急速下降，这种感觉会电闪而来，躯体轻盈酥麻，抑制不住的眩晕，但外界的信号旋即纠正我的错觉，它告诉我这是电梯，一个文明时代的钢铁的笼子，正沿着垂直的路径执拗地向一个蓝色的星球靠近。

对一个热衷于睡眠的人来说，失眠无异于一场劫难，如一具被漫长的冬季折磨得没有温度的躯体，暖暖的春天近在眼前，触手可及，但双脚却被牢牢地禁锢。躺在床上辗转反侧，夜，长得像一个妄想者设定的目标，永远没有抵达的一天。可天一放亮，却又像经过了长夜行军，再也没有力气爬起来。

我试过运动法，临睡前拼命地折腾，以此耗尽最后一丝力气，也服过药物，但都没有用。我的体内好像突然滋生了某一种抗体，它们顽强地抵抗着外力的改变。我效仿催眠师的方法，诱导自己进入睡眠。调整呼吸，将全身蛇一样舒展、放松，想象进入一个漆黑的世界，身体慢慢往下跌落，就在我为自己的聪明暗自得意时，我整个身体突然像一条冻死的蛇，扑通一声，跌在僵硬的床板上。朋友告诉我，还是数羊吧，老办法管用。想想也是，要不，一个堪称不是方法的方法，怎么就经受住了时间的淘洗呢？我把自己抛进一片辽阔的草原，羊群镶嵌在蓝天白云里，像一朵朵崇高的雪绒花，一，三，六，七，我在心里一只一只数过去，结果将一草原的羊都数光了，睡意还是没预期的涨潮。

所有的方法宣告失效，我选择了妥协。每晚看书、写字、挨到十二点甚至一两点上床，以期慢慢将夜熬完。一个失眠者，就像翼手目的蝙蝠，有着无比敏锐的回声定位系统。我的房子紧贴着大街，虽是深夜，总被来自不同渠道的声响包围，细碎、稀疏，冷不丁地响起，但我却听到了惊心动魄。几番较量，顽固如我者，最后也不得不向那些彪悍的声音，举起双手投降。

刚在床上躺定，很快便听到了客厅墙上那面挂钟的声音。开始很慢、很轻，花香一样，像摆动在一本残破的小说里，挣脱那些错综复杂的情节，透过灰蒙蒙的纸面隐隐飘了过来。随之越来越快，唰，唰，唰，没有顿足，没有延长，没有缓冲，以一种仓促、压迫的方式敲在我的耳边。曾经，我不止一次从纸上读到过时间的宝贵，以为那是写作者的夸饰和渲染，短暂的惊惶瞬间就被释然取代。我从来没有想到，时间竟是以这样的节奏和速度沦为消亡。直到那时，我才发觉，挂钟本身就带着邪恶的欺骗，它把水一样浩荡的时间篡改成一个 360 度的圆，不为别的，就是为了迷惑我们，起点就是终点，终点又是起点，永远取之不竭无穷无尽。而事实上，那些隐藏在背后的精美绝伦的齿轮，早已对接得严丝合缝，它们具有锐利闪光的牙齿，贪得无厌的胃，在姿态悠扬的旋转之间，把时间这个不可再生的资源疯狂地吞噬。想想还是古人温柔敦厚啊，用水漏或者沙漏，没有陷阱，不设隐喻，把抽象的概念转为具象的可观，处处警告着你：看着吧，时间就是水和沙，漏完了就没有了。

我猛然想起我柜子里的书来。那些先哲和大师，穿着不同的服饰，操着不同的语言，从不同的国度不同的朝代，穿越时光的隧道坐着飞机、轮船、火车、汽车来赴我的邀约，跋山涉水，风雨兼程，会聚在我高高筑起的祭台，目的只有一个，就是和我碰撞思想的火花。管弦乐冉冉响起，大提琴浑厚沧桑，双簧管流泻出叶赛宁式的忧郁和抒情，琥珀色的酒在高脚杯里荡漾着波光，帘幕一卷，一场华丽的仪式拉开了序幕。而我，一场盛会的主办者，却把尊贵的来宾撇在一边，忙着自己所谓的事情，任他们的衣衫扑满灰尘，从此，在一个个阴晴不定的日子里，背靠壁橱，打着长长的哈欠。

我开始厌倦自己，我的肉体，不知什么时候有了糜烂的气息。他们，是缭绕的烟雾，来自爱的温暖的炉边，我该如何穿过一条寒冷的走廊，抵达春天的温暖？

我还没有找到答案，就被窗外一台汽车的声音打断，它呼啸而来，声波撞击两侧的高楼之后迅速折回，像在一条幽深的峡谷里豁豁地回响。我能准确地判断出这是一台货车，由南向北行驶，它要出城去，经过附近那座天马大桥，然后驶向只有驾车人自己知道的地方。

因为天冷，驾驶室里开着暖气，前挡风玻璃蒙着淡淡的雾霭，有的已结成水珠，顺着玻璃滑下，在浅浅的模糊里画出道道若有若无的水痕，像指尖掠过时留下的轻语。驾车人累了，困了，嚼一块槟榔，喝几口浓茶，再用冷水擦一把脸，始终把腰板挺成一根直线，牢牢地压制着睡眠的捣乱。因为车厢里不仅仅装满了货物，而是像蜗牛一样，驮着自己的家。车平稳地前行，孩子就能多一袋奶粉或者一笔学费，妻子就能添一件衣衫，饭桌上就会加一道美味。驾车人一无所有，只剩下自己，交给一台钢铁的怪物，向着这个寒冷的冬夜轰鸣着掘进，为的就是换取这般琐碎而世俗的幸福。长长的汽笛声夹着苍凉的情绪，以它有限的振幅，永远也无法划破沉重的夜色，抵达令人伤感的黎明。车的速度很快，驾车人离家越来越远，但又越来越近，在某一盏灯光的照耀里，有一个女人，为驾车人打开了温暖的怀抱。

汽车过去后，我开始进入一种混沌，眼前仿佛有一层雾，身体在雾中时沉时浮，感觉有一双巨大的翅膀，在夜色中拍打出锋利的水声。

窗外传来一个女孩的哭泣，稚嫩、胆怯，像老树上冒出的第一枚春芽。其间夹杂着一个男孩的咒骂，还有嘈杂的说话声。我知道这是一群早熟的孩子，他们早早地逃离了学校，混迹于街头巷尾。此刻，他们刚从某一个酒吧、舞厅或者夜宵场出来，跟着那条被香樟牵引的滨河路逆水而行，呛人的酒气钻过失血的嘴唇，浓浓的白色，融进香樟树上皑皑的霜寒。脚步无聊，拖沓，像手稿中蹩脚而滥伤的情节。

他们不是流浪者，真正的流浪者，虔诚而孤傲，把世俗的俚曲唱成梵歌，以清教徒的方式靠近陌生的土地，切入土地的内心。而他们，只是流浪在自己的心里。但不知为何，心中还是陡生一种压抑，让人想起小林一茶的悲凉："雁别叫了，从今天起，我也是漂泊者啊。"

假定赋予过人的才情和气质，他们就是黑夜里颓废的诗人，把家看作活着的坟墓，把生命翻译成一场青春的狂欢。他们臣服在夜的石榴裙下，不断变换着花样向夜邀宠，就像叶芝对毛特岗那片越老越浓的痴情。因为只有夜的安静，才能宽恕他们的狂热，或者说，只有夜，才让他们感到自己真实的存在。

这是一群急需拯救的灵魂，可惜天使不在，不知去了哪里，她无法将信息转达给上帝。等到灵魂自我救赎的那一天，他们朱颜已改，生命之树错过了花期，只剩下落日余晖下的惆怅和伤感。我真想朝他们喊：孩子，回去吧！可惜，我的声音他们听不见，因为，我不是天使，也不是上帝。

好像下雨了，滴答滴答——像谁叩响深宅大门上那对象征身份的铜环。可以想象，哦，不需想象，风夹着雨在空空的街道上一轮轮践踏，像河水在刚刚疏浚的河床上毫无顾忌地奔腾。我听到了一辆三轮车的声音，荡开风雨的涟漪。那是一辆靠脚蹬的三轮，上了年纪，破败、锈蚀随时都企图将它肢解。轮圈在平整的油砂路面哐啷哐啷地滚过，每一个关节都嘎吱嘎吱地响着，像一个严重缺钙的老人。车从指东路过来，折一个九十度的死角，钻过高架桥，拐进长长的滨河路，那是赶往解放路菜市场的菜贩，车厢里满载着萝卜、白菜、大蒜、葱、姜，或许还有别的，是刚刚从蔬菜基地批发来的。他（她）穿着雨衣，戴着手套，但寒风碎雨仍不停地往脖子里灌。手麻木了，脚也开始哆嗦，但顾不上这些，必须尽快赶到目的地，在购买者到来之后和城管上班之前的空档，将这些热量、维生素、纤维和核黄素的混合物兑换成不同色彩的纸钞。意识早已被生计填满，寒冷于生计而言，足以化作省略的符号。

我裹了裹被子，禁不住瑟缩了一下，似乎那风雨正无情地鞭打在我的身上。我抱怨过生活，以为生活赐予我太多的苦难，将我不厌其烦地折磨。在寒冷的风雨中菜贩蹬着三轮车的响声里，我听到了另一个自己：匆忙的脚步和语音，从田野中的一条小路上走过，云絮横陈的晚空洒下一天暮光，粗野的风鼓起他衣衫的长袖。他缓缓蹲下身子，如一把老旧的琴弓，来来往往，拉响故乡烟囱里澎湃的炊烟。

外面突然安静了，一切的声响似乎都被菜贩的三轮车驮走了。事实上，还有很多的声音，远在我的声呐系统之外，就像某一样东西，已经被彻底地沉埋。我决定放弃发掘，带血的花朵，同样是季节的光环，应着风信打开，装饰一片哀婉的土地。我情愿背上伪善的恶名，为夜的背面，保留一份虚假的温情。

我睁开眼，望了一下窗帘，它低悬在那里，像一张衰老的隐约的箔片。很快，铁锹与油砂街面摩擦的声音被箔光所吸引，钻进我的耳膜里来。嚓，嚓——先是短短的一声，接着猛地拉长，音域很宽，声带中仿佛夹有黑色的浪花四下飞溅，粗鲁、嘶哑、丑陋，那是环卫工在清除垃圾。从垃圾桶里漏出来的垃圾，还残留着夜晚的水渍。一锹又一锹铲起来，装进板车，然后运往郊外的垃圾场。他们黄色的上衣，在黑白交替的雨中反射着荧光，像刚刚从监狱里脱逃的囚犯。头顶小斗笠的边沿，正吧嗒吧嗒掉着水珠。

天突然亮了，我一骨碌从床上爬起来。拉开天鹅绒的落地窗帘，曙光一齐迎向我，刺痛我的眼睛，我想唱一首歌，我不需要听众，风、雨、树，一只被寒冷伤害的鸟，或者一片积雨的云，我只邀请嘹亮的黎明前来欣赏。

从城市到城市的距离

一

那一夜，在键盘上敲完最后一个字，腕上的指针已飙向凌晨四点。

推开窗，雨兼风从落地窗里呼啸而来，外面塞满了——海一样的夜色，还有地动山摇的风雨声。

下楼钻进车里，车灯将夜色与雨珠的糅合物撕开两道口子，乍一看，如末世里两条通向希望之野的甬道。

街灯已然睡熟，即算是千呼万唤，亦不会再度醒来。远处的高楼上，偶尔有一星如豆的灯火，在雨中散发着无尽的疏懒和睡意。远望着，有如游子望月，一心单寒。曾几何时，这样的灯已深深地刻进我的记忆里，每每于长夜里念及，心头万千感慨。

那年去西南，车过湘西正是深夜，彼时火车无休止地敲击着铁轨，声音冰冷而生硬。窗外山郭逶迤，间或一盏灯火晃动在看似很近实则遥远的山边，鬼魅般明明灭灭。车厢里全是脸——无数张陌生的男人女人的脸，仰着、斜着、靠着，有节奏地摇动，半梦半醒，或者酣然入梦。

此行不知道要去哪里，只知道是离天很近的地方，一个无法想象的寨子。火车风一样前行，我炊烟里的故乡，被这样一头怪物越抛越远。把头伸出窗外，火车的灯连缀成长长一串，像一条多足的沙蚕，在滩涂上笨拙地扭动着身子，身后，铁一样的夜色无边无际。这样的情形，对第一次独行的我来说，是否算不堪承受之重？少年的心，仿若茫茫海浪上的孤舟，无休无止地沉浮。

今夜，高楼上渺茫的灯火扯回我少年的记忆。看惯了熙来攘往，灯影浮华，我熟悉的城市从未以如此寂寂的容颜叩击我的心扉。反差和陌生反而让我心头顿失往日的距离，也许，这就是最真实的城市。

我从来不曾想过，这座城市也像我一样，曾有过寂寥和孤独。像春天里一棵野生的植物，繁花落尽，留下空影摇风？

二

雨，一如初始时呼啸。没有人，没有车，车灯被夜越挤越小，显得如此的脆弱无助，漆黑一直蔓延到我的心底。

城市就像恐怖片中的古堡，高耸的建筑物下似乎早已种下魔咒，只等待邪恶破土而出。

若此时月光如水，该是一种怎样的情形？

在乡下老家曾看过无数的月光，月水茫茫，笼盖山峦田野，朦胧了少年的想象和青年的迷茫。

倘明月悬空，清辉在侧，我真愿意坐在人行道上，背靠一棵行道树，享受月光下喧闹之余的片刻宁静，这种感觉，与山野看月，想来应是迥然不同，就像懵懂无知的少年与历尽沧桑的中年，人生的况味已经判若云泥了。

不过说来惭愧，在这座城市行走了十几年，却一直没看过城市的月光。原因当然是有的，一是因为过度的污染，即使有月，也如雾气氤氲在空中，等你想看一眼时，却已经风流云散了。这也许是次要的，更主要的是自己的脚步太过匆忙，就连抬眼望月的时间，也已经消失殆尽了。

前些年有一首歌叫《城市的月光》，词失清丽，曲非婉转，但响遍了大街小巷，"城里的月光，把梦照亮，请温暖他心房……"就连一些刚谙世事的中学生，也一边嘴里哼着这首歌，一边旁若无人地从街头扬长而过。

物以稀为贵，歌声，勾起了内心久蓄的惆怅，不知道，还有多少的人没有看过城里的月光？很多的时候，我都以为自己在一条狭窄的路上寂寂而行，看来，在这条路上，我并非真正意义的独行者。

在这个高楼林立的地方，我们的脚步总是那么匆匆，美其名曰为生活而奔忙。熟人越来越多，朋友越来越少，甚至某一天翻开电话薄，竟发现许多陌生的名字，永远也想不出这是张三还是李四。太多的人，用豪车和别墅构筑了全部的梦想，填满了所有时间的缝隙，满身的疲惫，满脸的忧戚，以至于再也没有时间没有心情抬头看一眼头上的月光。

那个雨夜，城市用它陌生的一面告诉我，匆忙可以有，但记得回头看看身后的路，记得抬头看一眼头上的月光。

三

快到家门口的时候，看到一个女人踩着三轮车，车上是满满的蔬菜，车吱吱呀呀地从我旁边经过，借着微弱的车灯，我看到女人额上不断滚落的汗珠。

这些年，我一直做着与文字相关的工作，与文字结缘，有如走进了一场盛大的爱情，纠结而又无奈，爱之越深，恨之越切。我只是一个俗人，每当在键盘上长夜行军的时候，往往免不了感叹生活的不公。这一次擦肩而过，才发现还有更多的人为了生活而无奈，至于尊严和幸福，那只是大洋彼岸的梦想。相比之下，我们至少还活得衣冠楚楚，人模狗样。

很多时候，我们不自觉地被浮华所迷惑，从而忽略了浮华之下的痛楚与挣扎。所以，一拨又一拨的人疯狂地挤进城市，迫切希望迅速融入其中，其中的大部分却发现永远被隔离在外围，以至逐渐沦为钢筋混凝土森林中的水稻。春不华，秋不实，车流和人流，将梦想或者灵魂碾成飘飞的尘埃。而这样的尘埃里，永远开不出芬芳的花朵。

或许我们还不知道，城市是一块万能的土地，生长善良、奋发、希望、快乐，也生长孤独、残暴、痛苦、绝望。概括起来，归根结底，只生长二种植物，一种叫痛，另一种叫乐。不管你是谁，漫漫长夜，你痛了，没有人陪你流泪；你乐了，没有人为你狂欢。黑夜消散，从黎明如剑出鞘的躁动和喧闹会将你的泪痕和笑靥无情地覆盖，锋利地切割，所有的一切，倾刻化于无形。

寂静演变成喧嚣，哗啦一声，时间已翻过新的一页。

司空见惯的转换，衍生出令我们张皇失措的冷漠，更多的人朝着冷漠旁若无人地前行，等到有一天发现，再也无法抚平心灵痛苦的皱褶。

四

将车停在院子里，雨声依然在空中奔腾。

一条狗从车前惊慌地蹿过，不停地摇晃着脑壳，雨被张狂地甩飞到空中。

熄灭车灯，除了雨声，四周一片宁静。

我合上眼，准备在车里躺上一会儿。

没有人知道，那一夜，我已走过了一段长长的距离。

离开或者靠近

离　开

　　那个夜，立体而完整，不必注入任何想象，随时留给我一张凹凸有致的拼图。而时光的流水席卷着太多的事物，已朝着我相反的方向越走越远。

　　窗外，嗖嗖的风舍生忘死，随时准备和行道树冠里的街灯一齐赴难，黄叶拍打翅膀的尾音里，沉静而老练的灯光开始重新排列它的经纬。如此一来，平常的暮秋之夜被渲染得格外悲凉。

　　我电脑的屏幕上飘散着春天的花香，我用文字勾勒出我尚未衰老的父亲，他大半截身子淹没在油菜花里，油菜花像一面灼灼的铜镜，拉直了父亲眉角的鱼尾纹。父亲笑了——他竟然笑了。生活一轮轮的淘洗和打磨，塑造了父亲独立的秉性，激活了他机体最后一项潜能，但始终没有学会笑，也没有学会哭，他的脸像某一样锈透的物件，永远看不到最真实的那个切面。

　　那时，收藏这个概念还未浮出生活，实质上他就成了收藏家，把笑和哭这两样压根不会升值的玩意儿，当作古董一样珍藏。这本身并不妨碍什么，问题是，他竟把这嗜好的一半慷慨地遗传给了我，这是我在很多年前的一个下午才发现的。

　　那天我在一家旧书店淘到一套先秦诸子散文，很好的版本，价格却想不到的便宜。回到家，站在镜子前，突然想看看自己的笑脸，我确定我已经笑了。想不到的是，我看到的却是一张陌生的脸：眼睛圆睁，肌肉僵硬，眉头蹙成动画片中的山峦。我转身飞速逃离，才明白这是父亲在我的身体里种下的魔咒。

而此刻，父亲笑了，虽然只是隐隐的笑意，像春天还粘着冰雪的余烬时，眼角那一枚胆怯的柳芽。紧跟在父亲笑容之后的，是我的老屋，我生命之树的一圈年轮。泥巴墙支起的瓦楞浮在苍山之间，像一块切割整齐的茶园，隆起的是青茶，凹陷的是阡陌，沿着山势的走向一齐波涛绵延。梨花带着还未驯服的野性，如混沌初开时的满天星斗，在瓦楞灰黛的底版上潦草地钉上白色的齿钉。

我深陷在勾勒的图画里，无论我如何排列组合，它的雏形已经定格。这是隐蔽在我头脑中的秩序，一个稳定的几何图形。它的点面线角，刺破我电脑的屏幕还有岁月的风霜，传递过来迢递的记忆和温暖，以至于忘记了时针正围着它那根脆弱的轴，将时间一格一格地切掉。偶然瞥一眼，已接近凌晨一点。

有短信进来，"深夜里，灰暗，无助"。七个字，充满幻灭感。

短信是老杜发来的。老杜是当年和我一起激扬文字的朋友，一起喝着最劣质的酒，在酒精的膨胀里发酵文学的梦想。那个年代，酒与文学，还有蒙昧、挣扎和期许，一起构筑了青春的樊篱。收到一封封退稿信后，在一次我们即将进入烂醉之时，用酒话把知道名字和不知道名字的编辑骂成了傻子。

后来才明白，不是文学背叛了我们，是我们低估了文学。懵懂无知的年龄，常常放大自己，睥睨一个世界。这不是谁的错，是暮色里的青春擦掉脂粉后，在镜子中还原的本来面目。

酒醒后，老杜烧掉了全部手稿，以让人心痛的平静走上了另一条道，剩下我死守着一个人的城堡。但不管做什么，我们始终都保有坚硬的人生，用隐忍和独立，书写了一章今天在杂志上随手都能翻到的励志情节。以他的笃定，不到非常时刻，断不会在漏夜向我发出 SOS 的信号。

我关了电脑，开门下楼，赶往医院。老杜的父亲住院有段时间了，其间只去探望过一次。临走时说一声，有事打电话，这是我的口头禅。

我疏于人情这门功课，放在特殊的语境里，就是不近人情。我实在不明白，为什么有些人能把人情学培育成一枚熟透的浆果？在我看来，那简直是一门比任何学科都要麻烦的学问。我害怕它错综复杂的序列，并因此成为生活的累赘，我们的生活已经有了足够的琐碎，如果再掺杂太多没有必要的羁绊，那生活和我们之间，就真成了主人和奴仆。后来才发现，我有一点和那些人不同，我缺乏做奴隶的美德。所以，我处理人情向来有自己的准则：不添花，只送炭。也因此导致我在测试中屡屡挂科，背上清高之类的恶名。

那所医院我太熟悉了。它躲在一片古樟的暗影里，潮湿、阴冷、漠然。电闸门的顶端有一排尖尖的铁刺，锐利闪光，宛若一排标准到足可拿来炫耀的切牙，一开一合，像一只饿虎张开的血盆大口。与其说是医院，不如说是一座千年前的古刹。每天，像赶场一样的人们惴惴不安地拥进那扇大门，然后焚香祷告，敲钟击鼓，等待着神祇登上宝座，掷下生杀予夺的令符。

上八楼，灯光把夜色驱赶到了窗外，在深夜里，黑白的界限显得如此的分明，像棋局里的楚河汉界。白的部分狭窄没有尽头，经过一丝丝灯光的编织，仿佛童话中邪恶的飞毯。黑的部分隐约能看到古樟的枝杈，沁凉的风在其间穿梭缠绕，发出咝咝的声音，像一条吐着长长的芯子随时准备出击的蛇。我和我拖长的影子走过一盏盏廊灯，我嗅到了一种死亡的气息，每走一步，死亡的触须就从走廊的另一端电闪而来。

老杜坐在走廊一个角落的地上，灯光把他的背影压扁，远看着像一个刚下锅的烙饼。他见我来了，示意正在手术。只轻轻一瞥，我从他的表情里读到了无奈和幻灭，和我想象中他写完短信按下发送键时的表情如出一辙。

老杜的父亲本来即将成为一个翱翔在云朵下的飞行员，但因为一句话折断了翅膀，那句话是老杜的祖父说的：家里困难，回来。那个年代的父母，扮演的角色庶几找不到区别，几乎都打上了悲剧的烙印，或者说，本身就接近一个悲剧。不分白天黑夜把一串儿女养大，结果自己背影已如弦月，头顶霜重色浓，没有空间也不允许你思考生命的价值，扭转命运车轮的走向。最好的办法就是忘记，忘记天空和大地，忘记雨和雪，忘记一切，直到最后连自己也忘记。

就像现在，这个名字叫作父亲的人，耗尽了身上最后一滴血，把枯槁的残躯交给了疾病，任由疾病在肉体里横冲直撞，最后在疼痛和折磨中慢慢闭上眼睛。

作为人子，看到父亲正在疼痛和生死的波峰浪谷中颠簸，却搭不上一只手，只能站在岸边冷眼旁观，任由他操着业已残破的兵器孤身奋战，顶多祈祷他能杀出一条血路冲出围追堵截。我能深深地领受老杜心头那无助、悲凉以及瞬间生出来的关于人生的幻灭。

抢救室那扇冰冷彻骨的铁门，将完整的世界一隔为二。外面空洞，除了我和老杜，什么也没有，连一张凳子也没有，只有空空的四壁，竖起生硬的依靠。里面的无影灯下，一场毫不对等的拉锯战仍在继续，疾病和肉体，一个强悍无比，另一个脆弱到近乎卑微。医生率领着他的人马，操着冰冷的武器一齐呐喊助战，正面战场立着一个带血的身影——那只能是老杜的父亲。

不一会儿，里面传来一个声音。

"杜华义啊，不要睡着了啊——"

"杜华义啊，不要睡啊，听得到吗——"

……

那是个女医生，用我们的浏阳土话喊着，声音像一根橡皮筋扯得无限长，经过一层金属的过滤后，仍像一支离弦的冰箭，准确地洞穿我和老杜的肺腑，寒冰在我们的热血里嚓嚓地化开。

我大约能想象到老杜的父亲潜意识里的情形：感觉身上的血快要流干，身体像一根羽毛向下坠落，坠向一个无底的深渊，想要顺着遥远的声音抓住什么，却发现黑暗已经篡改了整个世界。

老杜站起身来，开始在走廊里徘徊。我也随之站起身，递给他一支烟，雪白的墙壁上有一个醒目的禁烟标志，朱红的一杠重重地烙在燃烧的烟身上，那是禁止和警告的颜色，平日里，我对这种色彩充满了无限的敬畏，而此刻，我有足够的理由蔑视它的存在。

烟丝像噌噌长出的水草，很快爬满了两张男人的脸，老杜的表情有了略微的平静。我发觉，烟和酒——这两种合法的毒品，是人生最好的安慰剂，在你发出孤独、彷徨、苦闷、悲伤之类的信号，直到终端都得不到回应之时，它们便奋不顾身地出现了，一丝一缕一杯一盏之间，人生的灰暗都被暂时消解成烟水茫茫。之所以数以万计的人与这两样毒品终身相许，不离不弃，我想这应该就是直接的原因。至于所谓生理上的瘾，我宁愿相信这是情感世界麻木者的借口。

一支烟抽完，声音戛然而止，铁门咣啷打开，一股腐烂的药水味瞬间把我浸泡，我顾不得胃的强烈抗议，和老杜一同盯住幽暗的门口，等待着上帝从这里现身，然后宣布他的判决。

一个女医生顺着那股怪味出现在门口，应该就是刚才喊话那个，她摘下薄薄的口罩，面部的表情将判决的结果隐藏得滴水不漏。接下来，我们听到了跟电视剧里一样的台词：对不起，我们尽力了。不冷不热，说明文的语气。八个字，外加两个标点符号，完成了一条生命生与死的对接。

老杜怔了片刻，很快低下了头，接受了这个判决，也只能接受这个判决，即便他有千条理由上诉，上帝也看不到这页薄薄的血书。医生只是扮演的上帝，真正的上帝谁也没有见过。教徒们之所以在眩晕的钟声和烛光中如此虔诚地祷告，就是因为没有见过上帝，而万能的上帝又无所不在。

手推车穿过走廊，拐过一个又一个九十度的角，细小的橡胶轮与地面摩擦出低低的呻吟，来不及楔入外面的风声，尾音便像暴风雨扫荡之后的野花凋零一地。紧跟着的是杂沓的脚步声，在空旷的长廊里豁豁地回响。推车的上面躺着老杜的父亲，一块白布逼退了窥伺的目光。我用手摸了一下，确认白布是干净的，没有污点，甚至连一道折痕也没有，质本洁来还洁去，就这一点，勉强可以慰藉这个单寒的夜晚，至少为此刻的老人捍卫了一份人生最后的尊严。

有人说，人的一生，在尘世里辗转，到最后又回到了原点。事实上，死亡并没有真正回到人生的原点。比如，名字就已经改变。人活着叫人，死了叫尸，就像树活着叫树，死了只能叫木头。就算死人，也不是真正意义上的人。这让我彻底明白，被时间删改过的一切，永远回不到原来。

很快到了，手推车推到一辆早已准备好的车上，马达嘶哑，车携带着诡异的灯光，像一只笨拙的龟爬离沉闷的地下车库。这一次，老杜的父亲就要真正离开这个叫作医院的地方，再也不用回来。我只能祈祷，天堂是一块真正的乐土，天堂的词典里没有疾病和医院这样不带温度的词语。

站在医院大门口，街灯早已打烊，四处漆黑如海，只有稀疏的星体将幽渺的光打在高大的建筑物上，像栖居着一个个先期而去的灵魂。农业银行屋顶那面大钟当当当敲了三下，让人联想到教堂里骤然响起的丧钟。老杜父亲的灵魂就在这样的钟声里寻找皈依的路径，不管怎样，它终将抵达天堂。而那个名字叫作天堂的地方，是我们熟悉和不熟悉的生命必然的归宿，正因为如此，我们是否应该像石头一样硬朗，才不至于辜负上帝留给我们那条活着的路途？

我在心里说，我再也不要靠近这个地方。其实，这句话早在一个冬天我就说过了。

那个冬天的凌晨，小妹从医院打来电话："哥哥，你快来，妈妈怕不行了。"

我穿衣起床，匆匆下到院子里，才发现外面迷雾浩荡。这个由无数泪珠构成的充满末世色彩的庞然大物，吐纳之间，奔涌着隔世而来的忧伤和迷惑。

虽然心急如焚，但我的车最终还是像一只蜗牛爬进医院的。走进病房，母亲正躺在床上，蓝色条纹的病号服下，几近干枯的肉体插满了大大小小的管子，那些形状诡异的冰冷的器械，像一个个魔鬼，曾以希望的名义一次次反复进出母亲的身体，但最终没起到别的作用，只是给她的肉体增加一次次的疼痛。

床头的小柜子上，摆着许多还未来得及服下的药片。从刚进医院那时起，母亲满怀信心，不厌其烦地服下它们，因为，她相信这些药片里隐藏的密码。那些药片，颜色纷呈，形状一贯保持着自身的特点，看上去像某一座果园里熟透的果实，饱满诱人。如果可以，那些色彩缤纷方圆菱扁呈不同几何体的东西，足以在母亲的体内架起一座童话般的宫殿，在这里，王子和公主经过凤凰涅槃后，早已浴火重生，过上了幸福的生活。这不是想象，从我认识童话起，童话就是这样告诉我的。可事实是，那些各种植物、动物和矿物的精华，既不是长在树上的童话，也不是伊甸园里的蛇的预言，它们确确实实从母亲的身体里走过，但又似乎从未走过。

母亲见我来了，嘴里喃喃着，我要回去，我不治了，我要回去。并挣扎着起来要拔掉手上的各种针管。我紧紧握住母亲的手，感觉像握着一只鹰的爪子，慢慢又成了一朵飘浮的棉花，欲夺眶而出的泪，被我恶狠狠地压了回去。我从母亲的眼神里读出了立刻、赶紧、马上这些语义，便起身去找那个胖胖的医生。

胖医生沉默了片刻：让你妈回去吧。

这话让我吃了一惊。我用恳求的语气说，能不能用最好的药，减轻一点她的痛苦。

没有更好的药了。让她回去吧，回去吧。反复的手法，吟哦一般的腔调，像在主持一场忏悔的仪式：我可怜的孩子，上帝会保佑你的！这样的情形，让我的喉管里突然塞满了东西，再也说不出一句话来。

我自然明白"回去吧"的弦外之意，但我没有理由去诅咒这个医生，我宁愿相信，医者仁心。医生和病号之间，就算牵扯着这样那样不光彩的纽带，但终级的目的还是离不开歃血为盟，一致对付强敌的入侵。只是有时候疾魔攻势强大，使一个个看似坚固的盟体纷纷瓦解。结局已不言而喻，但落败的一方仍在背水而战，毕竟，健康地活着，是每一条生命最朴素而又最光荣的梦想。

我回到病房，告诉母亲，天一亮我们就回去。母亲听了，心情好像好转了不少，一会儿便睡了过去。第二天办完出院手续后，我们乘车回老家。车驶离医院，我早有了预感，母亲这次离开，是最后一次，再也回不到这个地方。可能家人都意识到了，车厢里没有人说话，都只是默默地低着头。

母亲离家越来越近，脸上仿佛包含了笑意，我猜测她应该看到了另一个自己：羞涩的脸庞，浑身鼓胀着饱满的汁液，正走在一条没有冬天的路上，风掀起她被反复嫉妒过的长发。一会儿，她变成一个婴儿，前边，有一个长长的声音响起，那是源自母体的温柔的召唤……

后来，我在笔记中写下这样的句子："在母亲强烈的要求下，我们接母亲回家。那天有阳光，只是风很大。救护车通过天马大桥时，熟悉的小城如一把遮阳的伞，开在缤纷的阳光里，看不到冬日的肃杀，而我的心头却铺满了铅色的云层。我知道，母亲是有了预感，她担心给我们添麻烦，她要回到生她养她的这片土地，回到她操劳了一生的家。此一离开，她再也回不到这个医院，这座小城。"

回家后的第三天，母亲告别了人世。从此，她彻底离开了医院，离开了疾病和疼痛。

父亲照样没有哭，生活已经切断了他的泪腺。只是躺在床上，闭着眼睛，不吃饭、不吸烟，平时每天要喝三瓶啤酒，那些天却滴酒不沾。只有我大概明白，父亲把并不宽阔的床当作了一块缓冲地带，以便悲伤有一个迂回的空间，不至于像一把利刃直插他的心灵。我不知道这是否可以称为生活的智慧。

邻居告诉我，母亲住院的那段日子，到了傍晚，父亲便搬一把椅子坐到门口，张望着门前的大路，直到夜色将自己掩埋。父母之间，并不见得情深似海，但几十年的磕磕碰碰，血浓于水的亲情早已筑得牢不可破。相濡以沫之后，哪怕相忘于江湖，谁又能彻底消灭对方身上的气息？

母亲离世的最后一刻，我因为去准备一些事情，没有守在身边。二姐对我说，母亲吐出一口血后，便闭上了眼睛。

只有我知道，那不是血，那是生命开出的最后一朵花。

靠　近

夏天，回家看望父亲，二姐见到我一副惊魂不定的样子。

你怎么这么瘦啊？看看，颧骨突出，眼窝下陷，肯定身体有问题。

我笑，有那么夸张吗？我很好啊。

二姐见我不信，调动所有的修辞集中唾沫星子把我臭骂了一顿。

回到小城后找地方测了下体重，天，轻了二十多斤，居然被我忽略了。体重莫名其妙地下降，第一个想到的是不是癌症，我还能活多久？

我的一位师长，就是在一个傍晚，将被癌症改造得面目全非的躯体归还了上帝。长期的化疗，掉光了最后一根头发，露出堆满皱褶的头皮，脸如两片营养不良的子叶，全身的体液被抽光，剩下一个枯黄的皮囊，装着206块骨头，像幼儿园的小朋友用黄色蜡笔随手画下的一个老孩子。如果放到风中，肯定能听到骨头像风铃那样杂碎的响声。每次想起这个画面便不寒而栗，一直以来，我都想杀死这个恐怖的记忆。只是，我没有找到称职的利器。

我并不害怕死亡，因为，死亡不会因为我的害怕，而永不垂青于我。死亡是一种未知，既然未知，为什么不把它想象成冬日里的暖阳，在躺椅上晒着晒着，就温暖地完了。我只是害怕死亡施展它的魔力，把我折腾成另一个陌生的我。如果可以，我只是说如果，我期望一个有尊严的死法。既然不能尊严地活着，那就选择尊严地死去，这应该是上帝赋予生命的最后一项权利。

我又一次靠近医院，以我瘦弱的肉体埋进这座充满神性或者巫风的建筑。我是讨厌医院的，这是我的感情倾向，感情最多只能用来掌控你的心灵，现实告诉中年的我，用感情来指导行动，只能收获一枚恶果：愚蠢或者犯罪。

我是熟悉医院的，但一只脚踏进门诊大厅，还是感觉进入了世界的另一面：众多陌生的面孔，穿梭、等待、哭叫、徘徊、喘息、咳嗽，收银机不厌其烦响起的电脑语音，导诊台内站着的女人，服饰和面容像复制的修女……这一切，随时可以把人变成窒息之类的词语。

逼仄的空间里，这些圈养的生命，相互之间，用沉默传递着憔悴和焦急，胸贴着背，彼此呼吸着对方肺里吐出的废气，身体的距离挨得相当近，心灵的距离又拉得无限远，中间隔着一条鸿沟，名字叫疾病。灼过来的目光，不是同是天涯沦落人的同情和悲悯，而是赤裸裸的探询：这个人到底得的什么病？会不会传染？

忍耐，成了环绕在这个小天地里的主旋律。就像虎豹被关进笼子，曾经山鸣谷应的长啸，最终都输给了冰冷的钢铁，变成没有脾气的羔羊。

我站在一个队列的后面，等待挂号。前面是一个孕妇，肚子高高隆起，像一座桥，因为主题突出，脂肪堆积的屁股和腰肢已被忽略。这个女人，经过人生的一个又一个驿站，从处女走到少妇再走到准母亲，度过了热衷于加法的年龄，接着便要开始做减法，减去花容，减去舒适，减去健康，直到减去满头的青芜。任何一个生命，终究都逃不脱一则简单的加减混合运算。当然，神除外，没有人能限制神的年龄，只是，我不知道神算不算生命。

长久的站立，再加上旺盛的肉体的压迫，很快我便看到她的腿在微微颤动，紧接着身子呈下坠的趋势，但她很快就挺直了身体，找回了一种不失体面的姿势。我无法看到她的脸，我大约可以猜想她脸上流淌着汗珠，同时流露着幸福，这是母性的底片呈现出来的可供辨识的影像。所谓母性的光辉，不是别的，而是在生活的暴风骤雨袭来时，始终为自己的孩子撑起一身绝对坚硬的骨头。

等待的结果是我手里多了一张塑料卡，外加一本像出自地摊的病历本，这是我用 16 元兑换而来的。我拿着它们去二楼的诊室。从楼梯间那扇窄窄的窗里，我看到了外面的烟火，街道上是流动的钢铁，阳光直射这条钢铁河流以后，以不同度数的角折回来炫目的光辉。人行道上，一个女人正低头在擦鞋。一个年长的清洁工将身体靠在行道树上，吸着劣质的烟卷，从树叶缝隙里漏下的光斑钻进烟雾，像彗星一样，拖出一条淡蓝的尾巴。

阳光像《鼠疫》里那个数青豆的老人，把世界慢慢翻开，像翻书一样。他们在当阳的一面，像鸟、鹰，或者本来就没有线的风筝，呼吸着被雾霾洗涤干净的空气，追逐着风和阳光奔跑。我们在背阴的一面——阳光不屑进入的钢筋混凝土，敞开大门的牢笼里，寻找肉体和灵魂的双重抚慰，等待一场已经启动程序的判决。

诊室外，继续排队。这次，我排在最后，后面一直没有来人，这正合我的心意。我不是讨厌排队，我明白这是对秩序的尊重，秩序生就一张刻板的面孔，而它的内心却如瓷片一样脆弱，经不起哪怕是一次毫无恶意的挑战。我只是不习惯背后多出一双陌生的眼睛，用鹰隼一样的目光，将我得意和肮脏的隐私一并囊括，这简直是我不能接受的一件事情。所以，只要是人多的场合，我总是习惯把座位选择在角落里，只有背靠着墙壁，才觉得这个世界不再倾斜。好吧，我如实交代，我就是罗丹的思想者，习惯俯视万物。像蚕和刺猬，需要一张茧和一身叮当响着的刺，我不允许陌生者轻易闯进属于我的坐标系，撕碎我那张柔软的壳。我给那张壳取了一个名字，叫作孤独。

当队列缩小到最后一个点的时候，我见到了那个女医生，她的脸像一张廉价的宣纸，纹路清晰却没有表情。她伸手示意我坐到那张被一个个陌生的屁股焐热的独凳上。我刚坐下，外面进来一个老太太开始等候。医生把听诊器放到我胸前，收回去后在病历上笔走龙蛇，画下一串谁也不认识的符号。放下笔沉默片刻，估计是在准备措辞：身子抖，心跳快，去楼下抽血检查。接着便不再说话，我识趣地站起来，在例行的社交场合，沉默就是逐客的命令。

我又一次看到自己的血，不，这一次是血流。从我肉体的深处出来，带着花朵腐败的气息，沿着一根蜷曲的塑料管前进，我听到它们潺潺地流动，那么欢快，那么执着，又那么迫不及待，像要去寻找某一样东西，或者赴一场前生定下的约会。难道我的血液已经被我训练得没有了性格？它要做一个勇敢的叛徒，冲破禁锢，背叛我的肉体？如果换一个地方，大漠、高冈，一个看不见自己的岩洞，我会不会听到躯体里的血液在呼啸？会不会带着流血之躯放声高歌？在这个城市里蛰伏久了，我已经忘记了自己的性别。

化验单上清晰地排列着各项指标：胆红素，球蛋白，总胆固醇，游离甲状腺素……我瞟了一眼，不懂。细看，看到其中有上升和下降的箭头，才发现那里有问题。我的游离甲状腺素和游离三碘甲状腺原胺酸都有问题。可我并没有感觉到，能吃能喝，照样欢蹦乱跳。

这样一想，我的心头有了一丝悲哀，人类号称有最灵敏的感觉系统，能感觉到酸甜苦辣咸的味道，感受到喜怒哀乐悲惊恐的情感，但到关键的时刻，还是输给了自己的感觉，输给了钢铁铸成的冰冷的机器。我们自以为洞察幽微，强大到能解析一切，事实上，我们连自己的肉体都不能感知和掌控，又还有多少资本可以拿来炫耀？

在看我的化验单时，后面还有三个人急欲坐上我的位置。医生看过后，用说明文字给我写了一份缓刑判决书：甲亢，有两个选择：服碘131，但可能造成甲低，终生服药；吃西药，需要两年半时间，每周来一次。我未加思索就选择了后者，虽然麻烦，但谁愿意终生与药为伴呢？我情愿做一个缓刑犯，不离开居住地，定期到派出所报告我的行踪。

匆匆离开的时候，我带着几分小人之心猜度：如果有时间，这个医生会不会说得很详细？一定要慎重对待，否则脖子会肿大，眼睛会凸出，直到心脏衰竭而死。当然，这种猜度恐怕是多余的。

祖父曾经讲过一个小故事：如来问孙猴子：猴头，你最怕什么？孙猴子说：我什么都不怕。如来要他把手伸过去，在他手心里写了一个字。孙猴子一看，眼泪立刻流了下来。这个字就是：病。一则黑色幽默，用神的角度揭示了疾病的可恶和恐怖。

坊间有一句话：有什么都别有病，没什么都别没钱。被很多人所熟知，也被很多人一笑而过。只有像我这种带病之躯又早在医院里兜兜转转盘桓过的人，感受最为深刻。

精神的痛苦胜过肉体的痛苦，我鄙视这个荒谬的观点。我曾经患过胆囊炎。发作的时候左腹有一点点隐痛，很快疼痛像爬山虎的脚一样爬到腹部、胸部、背部、脖子、太阳穴，整个身体就像一个即将爆炸的气球。我敢断言，没有人能承受这样的疼痛。就算是钢铁，也会在水的作用下锈蚀。

当疾病来临的时候，所谓的荣誉、地位、金钱都是垃圾，如果可以，你会愿意拿一切去换回健康，包括被世俗冲刷的慢慢冷却的良知。想起在诊室外排队时，进来一个乞讨的女人，大家不待乞丐开口，纷纷将钱塞进她的手中，五块，十块，我看到了乞丐错愕的表情，估计她以为走进的不是医院，而是某一个慈善机构。很快，就被闻讯而来的那个强壮的保安驱离。

看着乞丐的背影我在想，是不是只有业已残缺的生命，才更容易勾起对弱者的悲悯？按照这个逻辑，他们中的某些人，是否会在病魔疲乏的间隙，省察曾经犯下的罪孽，从而决定改变自己或者以某一种方式去抚慰曾经被伤害至今仍在流血的伤口？如果能以带病的肉体换来近乎宗教的精神救赎，这也算是疾病降临人世之后唯一的功德吧。

我的母亲和老杜的父亲永远离开了医院，离开了疾病。我相信他们的灵魂就在不远处护佑着我们，而终有一天，我们的灵魂也将和他们在同一个地方相聚，护佑我们的子孙。爱的长河因此绵延不绝，永不断流。健在的人们会因为这样一种爱，在最孤独的长夜得到心灵的慰藉，从而从容地面对生活朝夕变幻的面孔——甚至是肮脏，或者狰狞的面孔。

这一次，我又靠近了医院，要和它之间开始一场长达两年半的纠缠。一位作家说：我不愿意和生活有太多的纠缠。谁愿意纠缠呢？可惜，生活本身就是一场纠缠，这是生活的宿命。

有天我开车在滨河路靠边停车，车还未停稳，便听到砰的一声响，下车后看到后面一位娃娃脸的小伙子手足无措地站在一边。我的一盏大灯，已经碎成了一地的灯花。我知道，我已经被一辆车纠缠上了，没有预告，来不及避让。一个可以做很多事情的阳光灿烂的下午，就在一辆车的纠缠中变成了空白。你不愿和生活发生纠缠，但你不知道生活会在某个下一刻来纠缠你。或许，我们能做的，就是尽力避免不必要的纠缠，改变烟囱的造型，把干燥的柴火搬走，而不是在羊丢光以后，把羊圈筑得固若金汤。

走出医院那扇滋生压迫感的大门，中午的阳光照满我一身。我的心里突然多了一面镜子，映着一片葱绿的行道树，被树掩着的高低起伏的楼群，还有脚步、阳光，阳光之上的蓝得深情的天空。

水稻书简

一

一切好像是突如其来的。

我一大清早醒来，发现水稻已经攻占了村庄最后一处空旷。它们是早有预谋的入侵者，没有刺探和迂回，从四面八方直接完成了包抄。就像一场力量悬殊的保卫战，等你发觉对方长驱直入，已经回天乏术了。

我和村庄就是这样，在转眼之间陷入了水稻的重重包围。

水稻统治村庄以后，取了个新名字，叫禾苗，追溯到一天之前，它们还是另一个名字，秧苗，一畦畦绿蒙蒙地浮在清水之中。此刻，它们刚刚换了地盘，矮塌塌的，叶子稀稀拉拉，背着阳光打开，又窄又短，这一片和那一片之间预留着一截距离，水的光芒从那些缝隙里泛了出来，织就一条条纵横交错、秩序井然的光带。风一趟一趟地撒野，依然看不到想象中的堆涌过来的波浪。它们始终捍卫着一种近乎颓丧的姿势，仿佛稍一动弹，便是不可饶恕的僭越。

只有我知道，那是用来迷惑外界的假象，水稻骨子里是执拗的，不断地怀疑过去否定现在，对未来有着飞蛾逐火一样的向往。它们争分夺秒地生长，大概是十几天的时间，就完成了一种拼接。

像一把把雨伞砰砰地打开，彼此之间互相勾连，你中有我，我中有你，浮起一蓬蓬绿烟，将田埂、土路、溪流悉数淹没。它们把农人赶到路上、家里，把牛和羊驱赶到山头、河洲的蔓草荒烟。农人乐于这样的驱赶，在土路上哼着粗俗的俚曲，被掩饰过的狡黠在皱纹里蠕动，牛羊却不甘心自己的地盘被莫名其妙地占领，嚼着青草的间隙回头盯着水稻，长一声短一声地抗议它们的暴行。

雨总是在这样的时候下来，潇潇洒洒，落满山坡、屋顶、水面，进入牛羊的皮毛。水稻陷入雨的烟色里，雨梳理着所有的事物，帮着水稻拔节，没有人能听到拔节的声音，事实上拔节的仪式正在有条不紊地进行，有经验的农人躲在屋里偷偷地傻笑。布谷鸟完成它的使命后溜之大吉，把布谷布谷的余音抛在村庄的上空，盘旋几圈后落入村庄的胃，成为村庄的反刍。最后一枝映山红还没有脱离水稻的视野，正准备在一场雨后了断春天的余绪，它太任性太忧伤了，已经越过了季节的栅栏。

村庄空静，已然被重新谋篇布局，村庄已是水稻的村庄，水稻用绵密的叙述，揭示村庄最鲜明的主题。

稻花一直在寻找时机，它们等待得太久了，直到夜色调动了最密的浓度时才一声不吭地打开，细小、琐碎，挂满一身的粉尘，样子很像柳絮，但从来不曾像柳絮一样，满世界地宣告自己的到来。它们低着头，像犯了错的孩子，那一丝香气，也被牢牢地克制。美丽、鲜艳，芬芳这些招摇的词语，早已被它们驱逐出境。除了真正的农人，没有人在意过它们，小时候从它们身边经过，也不会看上一眼，因为它们实在没有吸引我看一眼的欲望。

它们就这样存在，这样自我、盛开和凋落都与别人无关。直到很久以后，我看到一张高像素拍摄放大后的稻花照片，一瞬间惊住了。洁白的花苞成串地向下坠着，像圆润的珠子沿着直线的轨道脆生生地移动，汇集了梅花的素雅，栀子花的饱满，这般的无懈可击，是风和雨最得意的作品吗？可是，包括我在内，有多少人懂得这种安静之美，内敛之美？我们从未怀疑过自己的眼睛，但我们的眼睛所看到的未必就是真实的，我们常常被生活的假象所糊弄。我们的情商和智商，远远落后于蚱蜢、蝴蝶、泥鳅、青蛙，甚至是只在夜空出没的萤火虫，它们不像我们自以为是，直接进入事物的本质，它们懂得稻花，安于其间，守候每一朵花的生死。

稻花凋谢以后，水稻进入最美的年华。安守内心，养精蓄锐，青涩、饱满，直到遍体黄透，完成生命的点睛之笔。在这片土地上，没有哪种植物能无视阳光的存在，都忙着向阳光邀宠，在暧昧的阳光里搔首弄姿。唯有水稻，拒绝了阳光的诱惑和勾引，低眉垂首，把自己交给了土地。它们懂得，自己的一切都是土地给予的，土地必将成为自己生命的皈依之所，不管多少的纷纷扰扰，始终向根的方向靠近。

有一年，一位西北的知交来我这里，正赶上水稻成熟的季节，看到大片的水稻灿烂地打开，不由自主地走向田埂，反复地走，反复地看，他蹲下身子，抓着一根稻穗细细地摩挲，嘴里喃喃着，太美了，太美了。过后他坦陈，这是他这次出来看到的最美的风景。我能理解他的忘情，我猜测他应该没有近距离接触过水稻，他所熟悉的是大麦、玉米、高粱，过多的枯涩与凝重填充了他的感观。

村庄里到处是风景，一草一木都具备了风景的元素。但没有哪一种风景能胜过水稻。稻穗低垂，剑叶高举，如一阕唱入篱落的楚风，灵秀、质朴，是与生俱来的江南；苍凉、厚实，是对遥远的中原的收罗与容纳。

二

其实，只有不了解水稻的人，才会把水稻当作一种风景。

我还是很小的时候，就在农忙假（那时候学校都放农忙假）

里跟着哥哥下地插秧收稻子，我和水稻一次又一次地纠缠，我迷惘的青春在水稻的气息里萌芽、怒放，又随着一茬茬的水稻萎谢，变成干枯的稻草和童话里的草垛。

我讨厌耘田，有一年父亲在一片长势良好的水稻里撒了层厚厚的石灰，说是可以增肥壮子，原本碧绿的稻叶被染成了白色，然后领着我光着脚在地里耘田、除草，干完整整一天的活，由于石灰的腐蚀，到第二天，我的小腿开始红肿，奇痒难耐，接着大面积溃烂。父亲见了说，没事，过几天脱层皮就好了，在父亲的眼睛里，腿上的皮就跟衣服一样，一件破了，脱掉换一件就行了。我为父亲的轻描淡写感到恼怒，结果我的脚并非像父亲说的没事，溃烂一直持续，没有办法，母亲只得到山上采来草药熬水每天为我洗一次，直到十几天后才结痂。至今我的小腿上还留着那一次的烙印，那是水稻在我的身上做的标记。

最难的是"双抢"那段抢收抢种的日子。天还没亮便起床，拼命地挥舞镰刀，使出吃奶的力气踩着打稻子的机器，到吃早饭时再挑一担百多斤的稻谷回家，天像火在烧，蝉幸灾乐祸，用亡命的嘶叫助长着火势，沉重的担子压在肩上，连喘气也想请人帮忙。上午是早晨的重复，下午是上午的翻版。衣服不再属于自己，身体不再属于自己，上面只剩下三样东西，汗，水，泥。仿佛自己成了一个影子，一种虚幻的存在，随时都会在一阵风里消失。

日子越熬越长，水稻的版图好像已经大过了村庄，无论你以什么样的速度舞动镰刀，前面永远都是割不完的水稻，它们密密匝匝地向你倾斜着，穗和叶有意无意地划过你的额角、眼睛、脸、手臂，在上面拖出一幅幅零乱的图案，直到你慢慢麻木，不再感觉到疼和痒。等到割完最后一株水稻，插完手里最后一把秧苗，时间已经进入了秋天，爽朗的雨后，五颜六色的蘑菇挤满了山窝，雁阵在高高的天空里擦过。晚风四起，村庄填满了新雨、炊烟还有稻草腐烂的气息，我站在水稻旁边，长长地吐一口气，把肺叶里的汗水、泥土、阳光烧焦的味道以及不堪承受的疲惫一齐吐了出来，像是站在噩梦醒来后的黄昏。

我是第一个诅咒水稻的，在我之前，村庄里没有出过像我这样的叛逆者。水稻从来没有成为我生命的支柱，也不可能成为我的生命支柱，它压弯了我的生命和日子，不是我救命的稻草，而是我无法绕过的梦魇。我时刻盘算着在什么时候以什么样的方式逃离水稻，逃到水稻以外的世界，与水稻永远划清界限，老死不相往来。

我的兄长和我的父亲那一代人与我不同，不管如何挥舞镰刀如何把打稻机踩得山响，嘴里照样有说有笑，似乎这是一件难得的愉快的事情，三哥甚至还会在抽烟的间隙，切一段秸秆含在嘴里，伊伊呀呀地吹出不同的调子。我隐约听出其中有洪湖水浪打浪，还有"满山的松树青又青呀"，我至今都不知道那首歌的名字。三哥吹完一支曲子后，就会反复追问在田间戏耍的孩子，好听吗？好听吗？没有一个孩子回他的话，都顾着自己玩去了，三哥并不在乎，依然使着劲吹，腮帮子鼓得老高。只是他们并不能把那种快乐传递给我，只有我一个人默默地低着头一言不发。如果硬要说他们有一种水稻情结，那未免过于矫情，谁愿意天天泥一脚水一脚地和水稻打交道呢？

虽然我与他们格格不入，但我还是能理解他们。他们离不开水稻，离开了水稻用什么养活一个家呢？并非他们从骨子里爱着水稻，而是水稻已经定格了他们的生活，把他们的人生彻底地绑架，他们只能任凭水稻奴役，他们的命运已无路可逃。

并不是说他们的生命是卑微的，我的生命比他们的生命高贵，生命的本质是相同的，甲生命和乙生命永远处在同一个水平面。我只是发觉，我前面的路还很长，长过一眼望不到边沿的水稻，长过村庄里那些互相牵扯走着农人的土路。我要像水稻入侵我的村庄一样，以一种方式去攻克另外的地方，一个不适宜水稻生长的地方。

三

许多年后我还是感叹，在心里埋下一颗种子是一件多么重要的事情，我埋在心里的种子终于还是发芽了。

我是在一个清晨逃离水稻的，我沿着故乡那条不大的河流走向下游，像一条洄游的大马哈鱼向着出生地急切地靠拢。水稻就在河边，挨挨挤挤，如密不透风的原始森林，高高地举起它们的手臂。几个孩子赶着一头水牛从水稻的边上慢慢经过，水牛甩着尾巴，拍打着背上的牛蝇。我没有回头，一直向前，漂到了另外一个地方，那里没有水稻，没有赶牛的吆喝，没有打稻机的轰鸣，只有一丛丛的灯火和看不到顶的高楼。

我是为自己庆幸的，我在心里把这种庆幸延续了很长一段时间。我从未为自己的逃离而忏悔，我只为自己当年那种决裂感到耻辱，我不懂水稻，我感觉自己也不如一株水稻。

在敞开的夜里，村庄会偷偷潜入我的世界，对我进行无情的讨伐。直到黑夜散尽，我仍然能听到矛和盾在我的心壁上撞击的回声。

我经常回到村庄，开着车回去，西装回去，革履回来。水稻在我面前又还原成了一种风景。我甚至有意忽略了和水稻之间那些不愉快的细节。我在水稻的身边，站着、趴着、躺着，拍下一张又一张照片，我把我和水稻一起放进我的博客，我这样做了，我不想解释什么，证明什么。我的思绪也没有回到童年和青年，我和接踵而来的休闲的人们一样，堕落成了村庄的过客。

村庄是现在时的村庄，炊烟、牛羊、犁铧，翻耕时农人的吆喝，打稻机的喧哗，刷着石灰盖着褐瓦的泥巴屋，软绵绵的富有弹性的土路，一齐结伴走进了泛滥的诗歌，成为诗人的工具，诗人像驱赶牛羊一样，驱使着它们去解冻记忆，发掘哀愁。

水稻也变了，最先是从双季变成了单季，接着被蔬菜、花木、药材，还有各种奇形怪状的厂房挤进逼仄的空间，命运再一次在这片土地上宣示它的霸权。

四

我很少做梦，有一个城市的晚上，我做梦了，梦见水稻在村庄里彻底消失，村庄空空荡荡，沦为一片荒芜。熟悉的井台上，乱鸦穿空，枯死的叶子密布尘埃，卷进风中簌簌作响。

母亲在世时经常说，梦是反的。意思是梦与现实正好相反，我认同母亲的话，我并不相信水稻有一天会在村庄里消失。这样一种农作物，几千年前存在于阡陌，几千年后也必定会存在于村庄。至少，它们将成为怀旧的标本，成为村庄的象征和救赎。

灯光遗落在时间的皱褶里

一

　　我的夜晚，都是与灯光一起度过的。我和灯光的缠绵，成为俗世里一场盛大的爱情。

　　我那盏灯，和我一样，已经褪尽了青春的颜色，银色的灯座，支着两根细小的灯管，说不出它哪里特别，在夜色的重重围剿下，甚至还不见得敞亮。

　　到了夜晚，我把它拧开，埋进它的光里，它的光扫过我的身躯、眼睛和头发，落在一排排的书封上，既不柔和，也不坚硬，像一杯凉在秋夜里的水，不淡也不咸。它努力驱赶着黑暗，毕竟，和黑暗相比，它连弱小都算不上，只能尽可能辟出一小块亮色，像水墨画里的留白。正中是光明的，然后一点点减去清辉，最终遭到周围黑暗的无情吞噬。

　　这小小的一块，是属于我的光区，也是我的世界，最光明的地方留给了我，最晦涩的部分丢给了黑暗。我习惯在这样的光区里思索，看到灯光抽出一根根的线条，这些线条直直地拉着，很纤细也很柔软，我思绪的线条则是向横里拉伸的，像电波一样，一拨连着一拨，和灯光的线条纵横地纠结在一起。

　　眼前开始有了幻觉，一条河流从荒原上淌过，没有树林，没有草，连一片腐烂的叶子也没有。河流是无声的，在零乱的兽骨中蛇一样向前；我听到风吹过，一阵又一阵吹过，带着许多的叶子，有红的，也有黄的，还有绿的，半红半绿和半绿半黄的，风领着孩子一样领着它们，一路叽叽喳喳地打闹，在经过我屋顶的时候，突然停止了，叶子落满了我的屋顶，空荡的屋顶陡然变得五彩缤纷；我还听到晚祷的钟声，在风中徐徐地飞了过来，绕过一排白桦树，还有树下那间早已不住人的屋子，很宏大，很义无反顾，但尾音里却拖着一丝短促的凄伤，细细地听，是能听出来的。我的幻觉总是很怪异，毫无理由，不可名状，是谁给过我一些暗示吗？艾略特，乔叟，还是那个流浪的荷马？应该都不是，就是恍惚中一些散马无缰的没有意识的影像。

我耽于这样的幻觉，因为各种事物的造访，我的夜晚并不单调和孤独，用不着像一些人那样，在灯光里不断地转圈徘徊，然后一声叹息，永夜最难消磨。我只需要安静地坐着，思绪会把我送到我愿意去的任何地方，我想看见什么或者不想听到什么，都由我来主宰。

而我的白天，总是暴露在阳光下。我经常会在阳光下见到各式各样的脸，笑着的、哭着的、愤怒的、深沉的、麻木的、无聊的，这是这个世界脸的集成，什么样的脸没有呢？找不到没有的那一种，什么样的脸都有。

朋友说，你的日子多幸福呀，这么多的脸，冲你做出各种各样的表情，还有什么比活在表情的世界里更多彩的呢？可是，我从来没有感觉到我的白天是缤纷的，我要细细地梳理这些包围我的表情，然后一张一张画上记号，这真是一件艰难的事情，或者说是一门痛苦的学问。如果能够在白天和夜晚之间作一个选择，我肯定会选择夜晚，这并不等于说我讨厌阳光，阳光是高贵的，假定我有一副好的歌喉，我愿意为它不停地歌唱。

我曾尝试着在阳光下进入幻觉的世界，像蒙田说的，使白天充满梦幻，使梦幻更像现实。可是，我无法像在我的光区里一样，很快进入一种状态，阳光灼进我那片荒芜，慢慢把它烧焦，那是我播撒幻象种子的地方。

阳光像黑暗一样，在山外重重埋伏，一有机会便杀将过来。在太阳夺目的光辉下，梦幻就是梦幻，现实还是现实，要打通这样一条通道，凭的不仅仅是时间和力气，还需要更多的因素。

据说，卢梭喜欢顶着太阳冥想，我大概明白了卢梭的伟大。所以说，他的死，开启了一个时代。

我在俗世里潜着浮着，已经对我的灯光产生了一种明媚的依赖，小小的光区，是我无限大的世界，我在它的中央，添砖加瓦，构建精神的殿堂，那里，是宁静的，不会有患得患失，听得到时间的潜流，以及洗礼的钟声。它的周围，是无尽的黑暗，我并不关心，这黑暗里隐藏着什么或者走失了什么。

有人告诉我，黑暗是生命的本源。我想，那是哲学的范畴，应该交给哲学家去思考。

我就坐在我的灯光里，我的精神殿堂里，做我自己的堂主。

二

灯光出现在遥远里，我的头靠在火车的窗边。

行李架上，摆满了东西南北的行李，行李架的下边，安放着一片睡意，那些陌生的身体，像沙滩上搁浅的鱼，完成千奇百怪的造型后，送过来一声声熟悉的呼吸。

绿皮火车，因过度的负重喘着粗气，在山峦的裹挟中哆哆嗦嗦地走着。细碎的雨声里，两三星火，慢慢从眼前游过，在山峦峭拔的背景下晕开，像碎石落水后的涟漪，潮湿和寒意向着我慢慢拓展而来。那意味，仿佛野山上的灵火，还未盛开，便想到了凋零。

　　一路上，这样的灯，划过几盏，又划来几盏，连结成一条荒寒的旅途。我就在这条从未通过的路上，捡拾着遗落在雨声中的灯光。

　　不是母亲的那一盏，也不是祖父的那一盏，是陌生的地方陌生的灯。

　　桃李春风一杯酒，江湖夜雨十年灯。许多年后，我走在陌生城市的夜里，总是会想起那个雨夜的灯来，恍惚沉睡在时间的深处，粘满了古老的烟尘，又好像才驶进我刚刚打开的天目，在我透亮的掌心里燃烧。

　　城市是灯火的故乡，花花绿绿的灯牵引我一路过去，刚走几步，一盏灯灿烂了，再走几步，另一盏比之前的一盏更灿烂了。等我走到街的末端回过头来看时，一城市的灯哗哗地亮了，荡漾的波光里，楼群壮阔，从左边的眼角涌向右边的眼角，像某一个章节里宏大的铺排。

　　最打眼的就是窗了，拱形的窗、四方的窗、竖着的窗、躺着的窗，每一扇窗口，都会垂下一帘灯光的瀑布，撑着一面情调的旗帜。它们灼灼地亮着，眉开眼笑，像要讨好在下面仰望的人们。

　　事实上，这些灯光，并不需要向路人献媚，它已贴上一个城市的标签，不属于你，也不属于我，只属于这座傲慢的城市，不是用来温暖像我这样的异乡的游子，而是用来勾引游子的泪滴。

　　生活的空间，大到不是我们的想象能够到达的，它可以包容很多的东西，痛苦、悔恨、错误，甚至是悲伤，但偏偏容不下眼泪。有多少人生，像狗尾巴草一样，开在陌生的灯光里，细数着别人的灯光，挥霍自己最宝贝的年华。在这样的灯光里，可以哭着，可以醉着，可以昂起头，对着灰蒙蒙的天空呐喊几声，但最后要笑着。笑着笑着，一盏灯就湿润了，就属于自己了。

　　既然生命是一种抵达，也就注定了要一路飘零。

走在城市的灯火里，我总会念着母亲的那盏灯，在最艰难的岁月里点亮，从桐油灯到煤油灯再到今天普遍使用的电灯，时间让灯的式样发生着改变，新的替代了旧的，但它从来没有熄灭过，在起起落落里倔强地亮着。两年前，母亲离开了我，但在我心里，那盏灯一直未曾熄灭，它已定格在山脚下的一扇窗前，穿透岁月迷蒙，风雨层层叠叠。

假定所有的灯都不为自己亮着，这个世界就真的黑暗了。

在生命、时间、死亡面前，世界呈现给我们的，是同一个面目。谁也不是拯救者和被拯救者，拯救我们的，是在心里点亮一盏灯，一盏属于自己的灯。

佛说："让自己变成光。"

三

一盏煤油灯点在昏暗的屋里，风往左吹，它倒向左边，风往右吹，它倒向右边。一会儿，因为结了灯花，开始吱吱喳喳地响着。

大哥的生命，就终结在这盏煤油灯下。

经过几番痛苦的挣扎，大哥突然睡着了。死神把他的生命安置在一抹混沌的灯光里。

这是我第一次那么近地触摸死亡，我并不知道那就是死亡。以为大哥是睡着了，到了第二天，他又会醒来。

等我知道后，才知道大哥 32 年的生命已经走完。我时常在想，生命是不是与灯有着某种心灵上的契合，它总是在灯光里来，又在灯光里无形消散。第一声啼哭响在灯光里，最后一滴眼泪也融化在灯光里。

人的一生要走过很长的路程，这中间要爬一座座山，涉过一道又一道的水，还有暗礁和险滩，架得并不牢靠的摇摇晃晃的桥，这条路固执地向前拉扯，山重水复，云遮雾罩。但如果按照两点一线的原理来看，生命的路又实在短到让人战栗，从子宫到坟墓，能有多远呢？伸手可触啊。

一朵花打开它的蕊，姹紫嫣红地成为春天的图腾，然后掉到地上化作泥土，多么简单的一件事情。其实，生命不需要隐喻，剥开它伪装的外衣，便真实地裸露在眼前。

有一天夜里，我在灯下读到耶胡达·阿米亥的一首小诗，在灯光影像下，竟也流动着生命的生死契阔。

> 我曾经在一个花园里听见
> 一首歌或一篇古代的祝福
> 在暗色的树木上面
> 一个窗口总亮着灯在纪念
> 那朝外探视的脸
> 而那张脸也
> 在纪念另一个
> 亮着灯的窗口

风摇曳着我的灯光，我又看见了那个沐浴在灯光下的男人，靠在椅子上，穿着一件普通的汗衫，手里的雪茄正冒着缕缕白烟。这是他进入歌唱前的一种姿势。"在我们出生之前，一切都在没有我们的宇宙里开着，在我们活着的时候，一切都在我们身体里闭着。"他展开了歌喉，站到一种生命质地的高度，一种男人都企盼达到的高度，歌唱一片土地和一个世界：打开或者寻找。

丹尼尔·笛福在总结他人生历程的时候说过一句话："没有人品尝过这么多命运的捉弄，而我在富有和贫穷之间变换了13次。"命运把他折腾得大起大落，但他从未停止过寻找，他找到了一个人，那个人叫鲁滨孙，那是一个闪烁着理想光芒的人物。在苦难困顿的岁月里，他的光不仅照亮了笛福自己，也照亮了一个又一个人的魂灵。

他的墓碑上刻着这样一行字：丹尼尔·笛福，鲁滨孙漂流记的作者。

去年的一天，我在长沙一家茶馆里和国防科技大学一位教哲学的教授闲聊，他讲的一个小故事让我不时记起。

一个人在路灯下寻找自己的钥匙。有人问他，你的东西是在这里丢的吗？回答说，不知道。那人奇怪地问道：既然不知道，为什么在这里寻找呢？那人说：只有这里有灯光。

事实上，我们都是在灯光下寻找东西的人，一片钥匙，一把小刀，一颗纽扣，或者还有别的什么。因为灯光，因为寻找，生命得以像春天的植物一样丰盈。

我们在这个世界上生老病死，谁也无法决定生命的长度。我们应该感恩每一盏灯光，是它们，让短暂的生命流动着光芒。

与一场雪的纠缠

一

我用了很多的冬天，在祈祷一场雪。

傍晚，我挣脱炉火的束缚，推开老屋那扇笨拙的木门，门很重，打开的时候咿咿呀呀地唱着，像一个气息不匀的老旦。我跨过门槛，钻进像雾霭一样逼近的寒气，拐到屋角，很快定格了自己的造型，单瘦的影子贴在老屋那张布满烟尘的背景上，头和身子交叉成一个钝角后，沿着瓦檐望向天空。

瓦檐已经残破，伸出来的瓦片不是缺了一个角，就是多了一个角，凹凸相连，变成一根随着风向起伏的线条，把完整的天空切成两半。我等待着云朵从我看到的那一半天空里过来，长着灰蒙蒙的绒毛，然后加深、加厚，慢慢压下来，一直压到我的头顶。风贴着云朵泼辣辣过来，捎带着几片枯死的叶子，又呼啦啦过去。我感觉不到风中凝聚的冰冷，我全部的注意力都集中在头顶的天空，似乎看到雪在云朵中发酵，膨胀成一团，像一颗炸弹一样轰地炸开，一片，五片，无数片，纷纷扬扬变成雪的故乡。

吃过晚饭，我破例早早地缩进被子里，其实我压根没有睡意。祖父也很早把房门关上了，一起关进去的还有他冷不丁响起的咳嗽声，隐隐地过来，像响在某一条深长的巷道里。接着传来父母杂沓的脚步声，在厅屋到灶屋那段短短的距离里一趟趟来回。碗在洗碗盆里相互磕碰，叮叮当当，筷子摩擦出哗啦啦的声音，铁勺碰到了锅的边沿，咚地跌到地上，一连转了好几个圈，切猪草的刀嗒嗒地剁在那块刀痕累累的厚木板上。终于，那扇最厚的房门吱呀响了一下，我感觉到厅屋里那盏煤油灯噗地灭了，黑暗像突然袭来的洪水，一下子涌到四面的墙根，把屋子填满。那只大黄狗汪汪地吠了几声，似乎要宣告它的存在。这是每个夜晚必须走完的程序，像一个简短而又繁复的仪式。结束这一切后，屋子好像一个垂暮的老人，心突然空了，只剩下一具僵硬的躯壳。

我开始竖起耳朵听外面的动静，我不希望听到声音，包括雨的声音，风吹断枯枝的声音，叶子落在屋顶悉索的声音，还有各种鸟的千奇百怪的叫声。我希望所有的声音像流动的汁液一样，瞬间凝固，我就像躲在一个真空的世界里，双耳随之失聪，变成头颅上的一件装饰。只有在一片万物都已死去的寂静里，我才能舒展我蜷缩的肌肉，张开双臂，四仰八叉地躺着，轻轻松松地出席一场梦的盛宴。因为我知道，只要我再一次睁开眼睛，雪就在窗外了。

可是，我的祈祷往往并不灵验，天空总是毫无理由地忽略我的存在，这让年少的我，有了一种不敢说出来的忧伤。事实上，我也知道，南方的冬天，要等待一场雪，就像在脚步来来往往的尘世里，等待一场不期而来的爱情。

有时候雪来了，薄薄的一层，像母亲炒菜时撒盐一样，不痛不痒，让人打不起看一眼的精神。有时候天一亮就下，架势拉得很大，朵朵雪花挨挨挤挤，蓬蓬勃勃开满一地，可不一会儿太阳冒了头，阳光很快把怯场的雪花灼伤、灼化，只在地上留下一汪汪的水渍，像大滴的水珠在宣纸上洇开，一圈圈漫出。擅长于抒情的雪，似乎要以此来证明：我曾经来过，我已经走了。

只剩下我，仍旧在傍晚的天空下执拗地祈祷，等待一朵酿雪的云。

很多年以后我都没有弄明白，我为什么要如此虔诚地祈祷一场雪的到来？是为了打扮沉闷孤独的生活，还是为了遮蔽岁月赋予的苦难？

生活，有时是无解的，像一种莫名的情绪。

一场雪，就像当年我熟悉的那个女孩，她昂着高傲的头颅从我身边走过，甚至没有认真望过我一眼，却顺手把我的情窦打开。我沦陷在她的衣香鬓影里，傻傻地等着她笑盈盈地朝我走来。

伍尔芙说："所有的门都在打开，而我相信是那只飞蛾在我内心展翅飞舞。"很少有人明白，不是只有女人才是飞蛾做的，会舍身扑向心仪的火焰，男人的心中同样会支起一截树桩，只为苦苦等待某一只兔子。

二

雪，每次都在我睁开眼睛的时候抵达窗外。

洋洋洒洒里，一切都在变厚，覆盖了土地，土地上的时间，还有我层层的心事。我的心很快满了，不再坑坑洼洼，像高山上的雪原，平展而坦荡。

我的一侧多了温驯的炉火，另一侧是隔着旧木窗的重重雪帘，我像一只正处于冬眠期的兽类，蛰伏在炉火和雪帘之间，低着头慢慢翻一本书，这是被我翻成了破烂的一本书，我几乎能记清楚每一页有多少个标点。我写在上面的字，在某一个句子下面画下的圈圈点点，已经成了遥远的影子，在明与暗的转换里，勾连着曾经的期许和疼痛。时间掀开厚厚的雪层，牵成一条细线，从门缝里钻进来，沉淀在我正翻过来的那一页书上，原本快要僵死的书页，像回光返照一般，又有了流动的气息。我懒洋洋地信手翻着，每翻过一页，气息便像一道水流，跟着潺潺延伸过来，我的双手，有了春天的温度。

我的白天，基本保持着这个近乎颓废的姿势，我很喜欢这个姿势，因为我发觉，我从未和自己靠得这样近，头贴着心，能看到血液流过心尖时泛起的一圈圈涟漪。

夜晚，雪停了，我离开白天的城堡，把自己驱赶到雪野中。

雪夜里行走，最大的好处是不需要灯。雪光会指引所有物事的方向，道路、草垛、房舍、池塘，像谁给我画了一张精准的地图。

我沿着那条熟悉的土路慢慢地走着，绕过海绵一样的田垄和肥胖的草垛，洁白的雪衬着我黝黑的衣衫，我摇摆着的身影，像天与地之间一个移动的符号。这样走着的时候，我突然想邂逅一个冻僵的湖泊，蜷伏在某一处拐角，在我没有任何准备的情况下，送过来一双盛满蓝色的忧郁的眼睛，像雨巷里那个擦肩而来的丁香一样的姑娘，或者像我无意中看到的胡安·米罗那幅《蓝色Ⅲ号》，彗星拽着柔和的尾巴，划破明亮的天蓝。这样想的时候，我在心里笑了。我的村庄没有湖泊，只有一条老河，在盖着白雪的茅草梗下隐秘地流着，像隐藏在地下还没来得及皈依的魂灵。

雪夜的村庄，从形式到内容都是空的，看不到人影，看不到一只狗的尾巴，人和狗都躲在避风的窝里，人围着火炉，笼在一盏煤油灯的光晕下，用灌饱了热水的嘴巴扯着乱七八糟的事情。狗是聪明的东西，早就钻进稻草堆里，头挨着脚，身子弯成一张弓，一半醒着，另一半已进入了梦中。人和狗都知道，下雪了，天冷了，要向温暖靠近。

只有我是个异数，是温暖的叛逆者，逃开了炉火，从村庄的这一头走到另一头，再从另一头走到这一头，这样来来回回地走着。小小的村庄，淹没在厚厚的白雪里，而雪，又淹没在我一个个的脚印中。真不知道，等到残雪消融，我还能找回这些脚印吗？

我正走着，雪又来了，细细碎碎的，风卷着雪毛，低低地叫着，接连不断地向着我脸颊的方向过来，我感觉到脸上有一片片柔软的羽毛，轻轻地拂动，片刻又飞走了。我喜欢这样的风夹着琐碎的雪，从它的背后投递过来一种无法抗拒的力量和诱惑。我想，雪的前世一定就是海妖，只是今生多了人性，少了妖气，脱下了妖艳的服饰，收敛了妖媚的歌喉，以一副柔若无骨的素颜，轻轻一飘，直接嵌入人们的心灵。想起古人，就是受了雪的魅惑，才做出看似荒唐的事情来。

王子猷雪夜泛舟访戴安道，走了一个通宵到达戴家门口，却不敲门进去，丢下一句话："兴尽而返，何必见戴？"孟浩然骑着毛驴冒雪寻梅，梅花还未绽开，于是在风雪中倚驴默默等待。"吾诗思在灞桥风雪中驴背上。"没有雪的诱惑，谁会生出这等雅兴？

我不为访友，也不去踏雪寻梅，就这样走着，懒散却不孤独，我愿意在小小的村庄，在明亮的光芒里，挥霍这样有雪的夜晚。

只不过，雪和童话是属于同一种物质生成的，等不及你来细细品味，就当的一声碎了。

没有了雪，日子从空中跌落到地上，回归到原本的粗粝和坚硬。而我，就像从梦中醒来，只能祈祷下一个梦的到来。

三

许多年后，我的生命里多了诅咒之类的词语，我开始诅咒一场雪。

一场雪就像一个魔咒，种在我和祖父之间，让我和我最爱的人阴阳相隔。祖父那波光粼粼的笑和一双温暖像春天的手，都埋葬在冰冷的雪层之下。

我是爱祖父的，祖父也是爱我的，我不是说我不爱我的父亲，父亲给了我血脉和生命，祖父却给了我思想和灵魂。

我跪在新垒的坟茔前，棱角狰狞的雪花打在我的头上、手上、背上和脚上，雪的冷渗透了我的每一滴血。当时我在心里想，如果可以，我愿意成为祖父坟前一块没有文字的墓碑。

从祖父的墓地回到寄居的小镇后，冬天来来往往，只是我不再等待一场雪的到来。我的厌倦只是我的一厢情愿，大大小小的雪照样来到我的身边，但我会忽略它们的存在，就像当年天空忽略我的存在一样。

我发觉时间像一个笼子，我已被它牢牢地套住，就像钻进了一条漆黑而扭曲的胡同，经过七弯八拐，仍然找不到光明的出口。阳光就在眼前，而我却看不见它。

我躲在自己的世界里，给远在天国的祖父写诗，我不是诗人，不会写诗，我的诗没有读者，祖父是唯一的读者。

　　　　你很远
　　　　告诉我用什么来测量距离
　　　　野风逃离了山岗
　　　　陌生的鸟告别歌唱
　　　　一枚梨花
　　　　沉睡在泥土里
　　　　你很近
　　　　长长的旱烟杆还在燃烧
　　　　一支猎枪醒着
　　　　灶台上滚烫的酒

等待回家的脚步
子规唤不回那些年月
时间是一粒种子
在我的血脉里
盛开一路的哀愁
春天不蔓
秋天不老

　　我一首接着一首地写，在时间的笼子里挣扎沉浮，感到生活慢慢向无底的深处坠落，跌进冰冷的水里，我听到水花溅起时蚀骨的声音。悬浮迟数，君臣佐使，已没有人能为我把脉开方。

　　有一年清明节，我去给祖父扫墓，斫开荆棘和杂草，发现墓地竟是很大的一块地方，左边一大片青青的竹林，右边一棵高高的梨树，梨花如雪，已经狼藉了一地。忽然想到若干年后，我的父亲母亲兄弟姊妹和我都会被埋葬在这里，或者这样一个地方，成为土地的一部分。猛然间直面这个现实，我感到一种无言的悲凉和沮丧。这又让我回到那个有雪的冬天，雪花飘零中，祖父平躺在床上，如熟睡了一般，祖父生前没得过大病，不知道医院的门朝哪个方向开，所以走的时候，神态十分安详。八十八岁，油尽了，灯枯了，收拾行囊去了另一个地方。按照苏格拉底的说法，他的肉体消失了，但灵魂永在。

　　上帝说，你本是尘土，仍要归于尘土。

　　这样一想，我的心里一下豁然。我才明白，诅咒一场雪，等同于对一场雪的审判，实在是一件荒谬的事情。

　　回到生活的烟火里，有天翻书，看到老彼德·勃鲁盖尔的《雪中猎人》，以抒情的雪为基调，背景是铁灰色的冰层和天空，树林、鸟雀、草垛、结冰的池塘，还有猎人和狗，简直就是一幅东方的水墨。突然勾起我雪里村庄的记忆。我又开始盼着冬天，盼着一场雪的降临。

在与一场雪悲悲喜喜的纠缠中，我的双鬓突然闯进了秋天。这当然不意味着，我与雪的纠缠已经停止。

自从亚当和夏娃受了蛇的诱惑，吃了善恶树上的果子以后，就开始了和上帝的纠缠，和时间的纠缠。有了生死悲欢，有了离合聚散，有了每一个日子的庸常和芜杂，也诞生了一个新的名词——生活。

生活本身就是一场纠缠。谁能说不是呢？

1995 年的高原

一

我一只脚踩在云贵高原上的时候，夜还未全醒。

出站的通道已被人填满，只能亦步亦趋，连脚步的声音都听不到。我感觉自己就像罐头里的沙丁鱼一样，被人流稀里糊涂裹挟到了站外。半明半暗里，一切的物事都处在沉睡和清醒这个临界点，似乎还和我一样，打着长长的呵欠。站前的广场很宽阔，一副清汤寡水的样子，刚刚密密匝匝的人潮，变成稀稀拉拉的几簇，扛着大包小包，一眨眼的工夫，就连背影也看不到了。不远的地方，隔一会儿便有几辆三轮车哐啷哐啷地踩过去，上面驮着什么，看不分明。

我站在广场上抽一支烟，活动一下已经麻木的双脚，等着天慢慢放亮。这次，是我第一次单独出远门，我要去一个地方，那地方叫流长乡，是一个民族乡。我想象不出一个高原上的小乡镇会是什么样子，连轮廓也勾勒不出来，出发之前，在一本老地图册上细细地搜索，结果连一个小小的黑点也没找到。

天慢慢亮起来，我打量着这座陌生的城市，一幢一幢的楼挨在一起，比起老家浏阳县城的楼来，简直是高得吓人。从高楼顶上望过去，便能看到远处起伏的山，沐浴在晨曦中，笼着淡淡的烟岚，线条柔软而飘逸。正在我张望的时候，一个中年汉子踩着一辆旧三轮车，慢悠悠地晃过来，"走吗？"我点了点头，递给他一支烟，说我要找去流长的车站。他点燃烟，用力吸了几口，嘿嘿一笑，脸上浮起浅浅的皱纹，"没的问题"。

三轮车载着我慢慢地走，穿过一些高高的楼，上了一个不陡的坡，下坡后左拐右拐，停在了一棵法国梧桐下，中年汉子爽朗一笑，顺手一指：到了，前面就是了。我下了车，付了四块钱车费，向前面那堵围墙走去。车站就在围墙里边，不是很大，也不算小，红砖砌的，墙皮黄里带着灰，估计有些年头了。

外面的停车坪里，人很少，停着三三两两的车，有两辆车上，司机正伏在方向盘上打盹。

天已经敞亮了，不知从哪里陆续冒出些人来，背着包的，扛着各种东西的，还有一些穿着民族服装的女人，慢腾腾地向车站走来。

我上的是辆有些旧的车，门窗上有锈迹，引擎的声音很大，还有些摇晃，好在路很宽，很平坦，车速也不快，摇晃才不见得怎么厉害。刚跑一段路，透过车窗，便看到了玉米地，叫玉米地其实并不妥，应该叫玉米林。玉米差不多有楼一样高，一茬又一茬，像森林一般，一直延伸到与天相接的高高的山顶。一眼望过去，除了石头就是玉米，除了玉米也只剩下石头，树倒成了稀罕物。玉米秆上的玉米，满满地挤着，个儿格外大，格外壮硕，只是季节没到，还没完全熟透，透过裹在上面的薄薄的绿衣，仿佛能看到它们的汁液正在慢慢鼓胀。风很快来了，是那种很长的风，一拨一拨送过来玉米的清香，一会儿便把车厢塞得满满当当的，车子晃动一下，香味便直直地钻到鼻子里来。

本来我以为玉米就这一小块，但车行了几个小时，窗外一直都是这样的玉米林，随着山势盘旋起伏，有些一圈圈把山围着，像系着一根根绿色的腰带。近的就在窗外，只要一伸手就可以触摸到，远的好像钻到了云朵里，这让我感到很是惊讶。老家浏阳也种玉米，但很少有大块的，田角地头，东几棵，西几棵，稀稀拉拉，成了点缀水稻和蔬菜的风景。北方平原上的玉米，在一排排白杨的掩映下，望不到边际，矮墩墩、灰蒙蒙的，掩饰不住那片土地的枯涩和苍凉。而眼前的玉米，却具有一种别致的味道，宽大的叶子挂着明亮的水珠，有江南的灵气，又有高原的豪壮，精神抖擞，昂起高高的头颅，在长风里摇曳。

车在玉米林里爬一个坡，不一会儿又下一个坡，很少有平坦的路。不时又停下来，上来几个当地人，背着一个蛇皮袋，也有背几捆烟叶的，往车厢里一丢，金黄金黄，像草垛上稻草的颜色，瞬间，烟叶的味道盖过了玉米的清香。

有相互熟识的，用当地土话打着招呼，我听得不是太懂，只能间歇听清一两句。"到贵阳做啥子？""耍哈子嘛。"感觉和重庆话没多少区别，也有人正聊得高兴，笑声使车厢里充满了快活的空气。

从车窗里斜着望，天空，一片幽蓝，比别处高远、辽阔。

云朵下，耸立着高高的玉米林，绿着，偶尔夹着一抹淡黄，像这片土地的衣裳。我在想，数千年来，高原的土地应该就是这种状态吧，此一刻，我见到的是它最生动的内容。

车一直在玉米地里拐来拐去，浮浮沉沉，攀上顶端的时候，让我感觉自己离天很近，鼻息里，有一种天空的味道。

二

车到流长后，便不再往前走了，车上的人告诉我，这里是乡政府所在地。事先我了解了一下，流长是个并不算小的苗族乡，面积 150 多平方公里，有几万人口，苗族占了一大半。

下车后往四处一看，四周都是喀斯特地貌的山，石头上长着矮矮的茅草，山脚是散落的民居，给人一种荒凉的意味，感觉就像个小小的村子，没有一点集镇的样貌。我拿出朋友画给我的路线图，按着图的指示走，下午三点多的时候，我到达了目的地，流长的高寨，也叫大树寨。

那是一个普通的寨子，一堆房子挤在山脚，不同的是，房子不高，窗户很小，屋顶盖着一层薄薄的石头。那是一种平整的页岩，很光滑，层层叠叠垒在屋顶，让人想到江南清幽的石板小巷。朋友告诉我，这里风大，所以窗开得小，屋顶只盖石头，不盖瓦，如果盖瓦，说不定一阵风就吹跑了。

朋友家是一栋"凹"字型的房子，屋檐下种着几棵胭脂花，花朵挂满了枝头，细细的一朵，呈喇叭状，嫣红、透明。朋友说，这种花夕阳西下的时候绽开，等到太阳出来了，便会收起来，它的汁可以用来做指甲油。我说，我家门口的指甲花也可以做指甲油的，只是样子不同。

对着大门的是一棵花蕉树，树干七弯八弯，密布的虬枝上长着尖尖的刺，年岁很老了，满树的花蕉香味扑鼻，即将成熟。另一边，长着三棵高高的红椿，叶子像经了霜雪，红艳艳的，我心里以为，那是一种抒情的树，适宜种在诗人的后花园。

坐了两天的绿皮火车，下车后耳边一直响着铁轨哐啷哐啷的声音，感觉头脑里一片混沌。吃过晚饭，突然间放松，睡意便上来了。

我睡的房间在东边，里面早点上了一根檀香，一屋子的檀香味。床上铺着床薄薄的毛毯，我问朋友，不会热吗？朋友说，夜深点还冷呢。我一边往床边走，一边在心里感叹气候的不同，在老家，正是一年中最炎热的时候呢。

躺到床上，却又一下子没有了睡意。爬起来推开门站到屋坪里，天与地的距离像被谁无限地拉近，天空没有一片云彩，像用锋利的刀子刮过，月亮跟画上去的一般，贴在干净的天空，里面的阴影和纹路清晰可见。书上说月朗星稀，但星星还是不少，亮得扎人的眼睛。恍惚里，像是坠在山上、树上、屋顶上、头上，又缓缓坠入我的心里。不远处的寨子里，还有星星点点的灯火，估计这个时候都还没睡。或许已到了初秋吧，周围没有蝉唱，没有蛙鸣，萤火倒是有，三盏两盏从眼前划过，风并不是很大，从屋边涌过来，冰凉冰凉的，吹得红椿树的叶子沙沙作响，那声音，像海浪轻轻吻着沙滩。

吸一口气，满是静谧和清凉，让人的身心瞬间变得慵懒。心里想，高原的夜和我江南老家的夜没有什么区别，不仅形式相同，内容也很相似。

躺回床上，睡意袭了上来，慢慢进入半梦半醒之间。不一会儿，仿佛有什么东西打在屋顶上，声音稀稀拉拉的。恍惚中想：不会是下雨了吧？怎么可能，刚才还是明月悬空呢。正寻思间，风雨大作，打在窗玻璃上，像谁用巴掌在上面使劲地拍打。身处在一个陌生的地方，本来就打生，很难熟睡，这时候被风雨一搅，睡意完全没有了。风一阵紧似一阵，发出凄厉的叫声，整栋房子都好像在颤抖。

我从床上坐起来，开了灯，披衣站到窗前，外面的响动很大，所有的东西都在响，屋坪里成了一条河流，雨水在翻腾着，水面冒起一层烟雾，站了一小会儿，声音越来越小，最后戛然而止。

雨停了，但风没有歇，一阵一阵还在呼啸。随着风声，站在窗前的我似乎也跟着摇摆。

几分钟后，风也停了，抬起头看，天空依然如洗，明月高高挂在天空。

这种天气，还是第一次见到，让我惊诧不已，像做了一场梦一样，呆呆地站在窗前，陷入短暂的眩晕之中。

很远的山上，传来一声猎枪沉闷的响声，狩猎的猎人蹲了大半宿，终于等到了猎物的出现。我侧耳细听，以为枪声还会响起来，但没有再响，外面恢复到起初的宁静。

这一夜，我终于知道了高原的夜和江南的夜区别在哪里，它表面上看起来沉静温和，就像江南的特质，骨子里却狂野不羁。好像高原上的人，给人的印象温和谦恭，血脉里却带着一种野性，这是与一方水土分不开的。

三

第二天一早醒来，太阳已经越过了门口的稻田，斜斜地照在屋坪里。因为头天晚上下过大雨，一切都像刚刚洗过一样清新。睡了一个晚上，又变得精神焕发。

四处很安静，听不到什么声音，连风声都听不到。一群鸡在门前咯咯地叫，爪子在落了树叶的地方不停地划拉。两头猪在离红椿树不远的林子里拱着泥土，大概在找吃的东西，新拱出来的泥土黝黑而松软。

朋友的弟媳正从地里收黄豆回来，把满满一捆黄豆丢在屋檐下的台阶上。黄豆是绑在一个木架子上背回来的，豆苗不高，全身都挂满了饱满的豆荚，是和玉米套种的。我弯下腰想试下到底有多重，结果接连使了几次劲都没背起来。朋友笑着说，你背不动的，得有一百多斤。我跟着笑，心里却在想，高原上的女人实在是能干。

早餐很好，面条加荷包蛋，上面撒了葱花和油辣椒，是朋友的母亲特地为我准备的，味道和母亲做的一样。吃过早餐，我和朋友一起去邮局拍电报，临走时母亲再三交代，到了一定要报个平安。邮局在一栋老房子里，我写好电报稿，正文是五个字：平抵勿念张。再加上地址和母亲的名字，正好十八个字，花了五块六毛钱。朋友连连说，可以买七十张邮票了，真贵。我说，没办法，再贵也得发。

回去后，朋友领我在寨子里转悠。走到后面的一户人家，一个老人正在井台上打水，老人头发已经白了不少，但样子还很精神，长长的井绳正从他手里一点点拉上来。水桶离开井面后晃了一下，水泼出来打湿了老人的一只鞋子。

大叔公，打水哩。朋友和老人打招呼，我也冲老人笑着点点头。老人擦了下额上细密的汗珠，说是啊，打水哩。匆忙把水提进屋里后，搬出凳子招呼我们坐，又转身进屋准备茶水去了。趁这当儿，我四处瞅了一下，屋子矮塌塌的，石头砌的墙，比普通的墙厚实得多，一层一层砌得扎扎实实，像战争年代的碉堡。屋子里灰蒙蒙的，乱七八糟地堆着杂物。屋坪里倒收拾得干净，连一根杂草都没有，井台过去，一片四季竹长得蓬蓬勃勃。竹子下的阴凉处，一条大黄狗正在酣睡。

朋友告诉我，这里地形特殊，建房子要先勘探，否则一旦建在石灰岩上，容易倒塌。地上蓄水也很困难，寨子里就两家有井，这是其中的一家。稻田里也看不到积水，成年一片泥泞。好在雨多，有时候一小时能下好几次，随着风来，又随着风走，来得快走得也快，所以并不会因为干旱影响庄稼的收成。

说话间，老人泡好了茶，坐下来陪我们聊天。有朋友在一旁解释，语言的障碍已经不是问题。从谈话中得知，老人因为家穷，一直未婚，已经六十五岁了，但身子骨还很硬朗，平时种玉米、黄豆，这里山多田少，尤其是水田，所以只种了五分地的水稻。农闲时进山采药，采的都是一些常见的中药材，杜仲、厚朴、黄柏、半夏、何首乌、金银花、茯苓，这些药材价格低，卖不了几个钱，只够用来买些生活用品，好在煤不用买，都是从小煤窑里挖来的，所以勉强能维持一个人的开销。

我问老人，还有名贵一点的药材吗？比如天麻、三七之类？有倒是有，早些年虫草也有，石斛也有，但现在很少见了。老人叹息一声，都被挖光了。说起这些的时候，老人的神情有些落寞。看着老人那张经过风霜洗礼的脸，不知为什么，心底竟涌上来许多酸涩。聊了一会儿，怕耽误老人做事，我示意朋友起身告辞，老人一再挽留我们吃饭，都被我委婉地谢绝了。

离开老人的家，沿着门前的泥巴路走着，没看到行人，四周还是很安静，偶尔传来一两声狗叫。阳光慢慢毒辣起来，虽然有风，脸上还是冒出了汗滴。很快转到了另一家，房子和刚才看到的差不多，紧靠着一片旱地，地里的玉米长势良好，绿得让人欢喜。朋友告诉我，这家住的是一对母女，女孩子还没出嫁。说完便朝屋子里喊起来，用的是本地的土话，喊什么我没听懂。

很快，出来一个女孩，十八九岁的样子，穿着普通，留着马尾辫，招手让我们进去。我跟在朋友后面往里走，靠近屋子时才知道，屋檐竟然比人还矮，不得不弯着腰进门。一进门，便闻到了一股牛粪味，看到一头牛正卧在地上吃草，见到我们进来，还是一副不慌不忙的样子。再从左边的小门进去，有一间不大的房间，是她们吃饭和睡觉的地方，一张老式书桌摆在窗前，书桌对面是一张老式床，再加上几把椅子，便没有别的东西了。对面是厨房，里面黑咕隆咚的，看不清放了些什么。

女孩很热情，笑着给我们搬椅子、倒茶，忙前忙后，但从女孩隐隐的笑意里，我看到了尽力掩饰的局促和不安。我本来只是随意转转，担心冒然而来，打扰了人家平静的生活，喝了茶，说了几句客套话后，便拉着朋友离开。寨子里的人好客，母女俩听说我是从很远的地方来的，是贵客，一定要留我们吃饭，费了一通口舌解释才放我们走。

在路上朋友说，这一家日子也过得很难，房子等着要建，但没钱。除了种庄稼，还种了一块竹荪，家里没有别的收入。然后我们又走了几家，情况基本差不多，日子都过得紧巴巴的。相比之下，朋友家的条件是寨子里最好的了，建了砖木房，还买了辆跑长途货运的汽车。

吃过晚饭，天就黑了。我独自在门前那条机耕路上漫步，晚风轻柔，如水的月光洒满一路。地理知识告诉我，这里是黔中腹地的一个小村寨，海拔 1400 米，亚热带气候，距离省城贵阳只有六十公里，距县城四十公里。寨子里民风淳朴，安静闲适，人们勤劳，但贫穷的阴影一直笼罩在这片土地上，成为人们心头挥之不去的阴霾。

正在我内心唏嘘的时候，听到朋友在远处喊我的声音，我赶紧答应。朋友走过来拉我回家，我说月色真好，让我再走走吧。朋友说，是我妈叫我来找你回去的，她说，今天是七月十五，是鬼节，不兴晚上在外面走的。我听了，良久无言，心底涌上来一股暖暖的气息。

四

第三天吃过早饭，太阳还没出来，朋友说，带你去赶场。

我不知道赶场是什么意思，朋友笑着解释，就是赶集。赶集的习俗老家那边也有，一般是按逢几来定日子。比如逢八，就是每月的初八、十八、二十八。集市上出售的，大多是当地的土产品和一些生活用品。

我和朋友慢慢往集市走，他说不用急，反正有的是时间。一路上是散散落落的人，朝着集市的方向走，女人背着背篓，背篓里装着要出售的货物，有家禽、蔬菜、烟叶、药材。也有不装货物的，就背着个小孩子。男人提着各种各样的袋子，鼓鼓囊囊的，看不出装的是什么东西。大家相互打着招呼，说说笑笑往前走。公路是依着山势修的，上一个坡接着下一个坡，路上几乎见不到车，摩托也很少，自行车一辆也没看到，只有行人，都是去赶场的。

大约半个小时后，到了赶场的地方，也是一个小村子，灰褐色的房子夹着一条窄窄的石头老街，两边摆满了各种摊子，有的将货物摆在门板上，有的在地上摊开一块塑料布，直接摆在塑料布上。小街中间挤满了人，说水泄不通是夸张了一点，但要挤进去还是要费一番功夫。

朋友带着我一路挤过去，边挤边看，衣服、鞋子、猪羊鸡鸭、蔬菜、药材，炒菜的锅子，各种坛坛罐罐，只要你能想到的，几乎什么都有。鸡鸭关在竹编的笼子里，猪是乳猪，也用竹编的笼子关着。羊就用绳子直接绑在街边的树上，树下还丢了些青草。一路过去，看得我眼花缭乱，不时能听到摊主的叫卖声，还有猪羊鸡鸭的叫声。

水淋淋的葡萄，一斤一块钱，红艳艳的辣椒只要九毛。我边走边在心里感叹物价的便宜，在我的老家，葡萄要二块，辣椒也要一块五。

在一个角落里，我们看到一个八九岁的小姑娘坐在地上，脸黑而瘦，但两只眼睛特别明亮清澈。她身边放着一个背篓，背篓里装着一些我不认识的药材，正安静地等着人来买走。朋友说，那药材叫五倍子，是小姑娘自己从深山里采来的。望着这个瘦瘦的小姑娘，我几乎无法将她和她在深山老林里采药的画面连在一起。还是一个小孩子呀！我在心里叹息。朋友开始和她讨价还价，几番下来，买走了这些五倍子。我说你买这些做什么啊？等放假了弄到贵阳去卖嘛。这既是药材，可以止汗止血，又是最好的植物染料，很走俏咯。

我似乎有些不理解朋友，他是一位老师，工作稳定，每个月领着薪水，但只要一到节假日，便什么都干，卖鞋子、卖衣服、贩药材、种竹荪。他种的竹荪我去看过，在铺满松针的地里，撑起一把把布满褶皱的小伞，憨态可掬的样子。

我问过他，为什么要这么辛苦地做呢？他笑着说，能赚一点是一点，光玩也没意思。这就是高原人朴素的生活态度，即使有闲工夫，也不肯闲下来。

逛了大半天，朋友收了两袋五倍子，好在这东西不重，扛着依然健步如飞。在小街的尽头，我们看到一家牛肉面馆，吃碗面条再回去吧，朋友说。牛肉面很快就弄好了，牛肉和香菜随你夹，店主根本不会在意。要在我家那边，那是绝对不可能的事。我们一边吃一边聊，每人要了一两玉米酒。付钱时，我几乎吃了一惊，每人二元。

一路往回走，在一户人家门前，看到一棵矮矮的梨树，梨挂满了枝头，个不大，但黄得格外好看。朋友说那叫苹果梨，味道很好。正说话间，他几步跨到梨树下，一脚跺在树上，梨便像下雨一样落到地上。我说，这样不太好吧，主人家看到会不高兴的。朋友笑笑，没事，没事，就几个梨嘛。在我们这儿，没人这么小气的。

我们把梨用一个袋子装好，轻松地走在回家的路上，这也算是赶场的又一个收获吧。

水墨凤凰

一

喜欢开春的时候去凤凰，置身于一幅水墨，顶一头早春的絮雨，向着敞开的清幽，经过人影，荒闲的塔尖、屋角，几枚胆怯而倔强的草芽，感觉前面的路正在向宗教靠近，沉静、温暖、平和，自己不再是行走中的逗号，已然成为水墨中随意的一笔，在大地这张布满皱褶的宣纸上若有若无地洇开。

以另一种姿势，面对曾经，面对过去，倾听生命潺潺的流年，洗尽生活追逐而来的铅华，叩开这座山水古城的脉息。大美从来都不是喧哗的，它克制、内敛，不呈现，不叙述，以一副省察的形式。即使沉默如这般，我依然一眼就能识破她鲜明的层次——这是水墨的层次，只轻轻一瞥，便肃然难忘。

石板小巷随意拖拽，没有意识，没有角度，是信手画下的线条，是血脉，是交错的纹路，送到小城任意一处表皮。不时有人从斜巷里冒出来，像涨大水时的鱼，被强劲的水流捎出深渊。背着行李包，跨着相机，也有空着双手的，就算是年纪轻轻的男女，看上去也显得老迈迟钝，似乎觉得时间比别处慢了，脚步不能出格，应该合上时间的节奏。

塔没有预谋，不是事先埋伏好的，拐过某一道弯，突然敞开在眼前。高高的，灰蒙蒙的，撑起空旷，俯视岁月，岁月里来来往往的路人，身上某一处粉饰已经剥落，露出时间的豁口，没有人去管它。塔沿上能看到矮草和叫不出名的植物，干枯的生命，还停留在冬天的状态，这是很多年前的一个黄昏，归鸟的翅膀上不小心抖落的种子。

黛瓦摆出不同的姿势，在垛墙的角上微微翘起，在屋脊平展，在屋脊两旁呈奔跑状。灰褐的瓦，是一种朴素的存在，它们折射窑火与泥土的颜色，从中能听到阳光的潜流和雨点的声音，看到霜雪，看到鹊飞鹊起，它们吸附时光，储存覆盖之下的平常烟火，在炊烟里温习自己。

一切就那样随意，被标准围剿的我们，感觉随意真好，像诗经中的风，采葛的女人，伐檀的汉子，在旷野在深谷，将心中的思念与疼痛随口唱出来，不讲究唱法，也不在乎调子，就这样夹着夕阳的余光流布于苍山牧野，放空自己的心灵。

水墨的用墨分为五色，这是干墨，落笔的时候，就已注入了闲适与虚灵。

二

沿着石板小巷走着，身边是吊脚楼，三层的、四层的，高矮相连，它们是一个矛盾的群落，认同而又排斥。认同过去，排斥现在和崭新。木板、瓦黛、灯笼、格子窗、铃铎，都旧了，被时间洗了一回又一回。我总有一种莫名的感觉，觉得它们比我矮小，好像只要一伸手，就能触摸到瓦檐下那滴滴答答跌落下来的雨声。除了雨滴声，它们笃定、安静，像早晚坐在屋门口抽旱烟的老人，用它黑黄的色调把你带进一种意识，仿佛相遇了很久以前的一个日子，很久以前一个日子里的自己。那是一幅被文人雅士束之高阁的山水，一幅看旧了的山水，闲着的山水，上面隔着一层幽冥的时光。

从吊脚楼之间的空档里看，沱江放松了，不再像远看时那般紧张，瑟缩成一条轻冷的丝带。她丰沛，但不狂野，我问自己：沱江有性别吗？我寻思了一阵，最后把她定性为女性，其实，并不是所有的江都能附会成"母亲河"，有些江，从他成为江的那一天开始，就奔腾着雄性的血液。我审视着这条楚歌声里的沱江，她似乎绕过了时光，一直流淌在时光之外，天地的初始，波光卷起来，明净，像新荷，像少女的眼睛，举手投足都有女性的特质。

江面不时荡来几只木船，能坐六七个人那种，上面支着雨棚，雨棚湿漉漉的，似乎在水里浸泡过一些日子，边沿坠着随时准备献身江心的水珠。艄公慢吞吞地摇着桨，船晃晃荡荡地前行，桨声欸乃，把一船人的倒影摇碎，摇没。

木船过去，一只沈从文先生笔下的乌江子，顺着刚才的水路过来，可能是雨棚坏了，便拆了下来，也懒得再做一个新的。船舷上站着四只鸬鹚，灰褐，和小船的颜色不相左右，盛开一蓬清冷，招来四周廉价的镁光。鸬鹚不时转过头，梳理一下沾水的羽毛，再甩脑袋，甩出的雨星，纷纷扬扬。一个老人坐在船上，不知为什么，我总觉得老人应该抽一袋烟，水烟、旱烟，用书纸卷成喇叭筒的都行，烟雾在他白发的头顶盘出丝来。但他没有抽，只是把头望向雨中的天空，雨把他的头发弄湿了，他也不伸手去抹。船顺着水，走得慢，看样子不像去捕鱼，也不像在欣赏沿岸的风景。

当地人告诉我，以前江边几乎家家养鸬鹚，现在养鸬鹚的人很少了，因为不赚钱，都转行做旅游业了。这个老人也许是沱江上最后的渔人，他养鸬鹚并不是为了捕鱼赚钱，也不是为了消遣无聊的时光，他只是在追寻曾经，追寻自己，和另一个自己对话，汗水、青春、爱情、悲伤，或者还有一些别人不知道的，这些俗常和琐碎，编织过他生命的柔软和韶年，一直停留在那里，既没有后退，也没有向前发展，他试图唤醒、打捞、架构他被冷硬挤兑的暮年。

这是湿墨，流动着优雅的意韵。

三

到达虹桥的时候，雨大了起来，噼里啪啦的响声，渗透风雨廊顶，滤掉了杂质，带着幽暗的味道，像响在隔世的篷窗上。虹桥是凤凰的中心，地势高，站在桥上，小城的枝枝节节蝼蚁一样爬进眼底，是一个观景的佳处，因此人也多了起来。

桥的两旁最多的是卖银饰的店铺，凤凰历来有加工银饰的传统，品种繁多，钗环镯冠，穿的戴的系的围的一样不少。加工银饰是一门诚实的技艺，容不下潦草和虚伪，錾刻镂嵌，耀眼的花火迸裂，质地柔软的白银便有了血脉和温度。花草树木、虫鱼鸟兽的平常生活，不再是简单的还原，已然有了人格的倾向，寄予着人们对时空、生命、愿望的审美追求。拿在手里轻轻一晃，叮当声里升腾如烟的光华。游人偏爱了它们的质地、光辉和隐喻，三三两两地围在小卖铺前左拿右捏，讨价还价。

各式各样的银饰，闪烁着光辉，纯粹、流动、含蓄，以一种隐晦的叙述，告诉我这是崭新的光辉，还带着红炉里烟火的余烬。但我还是不由自主地想起银汉、银盘、银楼、银票、银灯这样一些老旧的词语来，它们架空现实，构筑一个宏大的时间和空间的世界。让这座小城披上一件时间的羽衣，似乎躲在很久以前，回到了时间的深处，也让我的思绪像银丝一样延展。

我想起一个叫王家宾的清人来，他这样描述虹桥的月色："川平风静，皓月当空，清光荡漾，近则两岸烟树，远则千山云树，皆入琉璃世界中，桥上徘徊，恍似置身蓬岛。"此刻正是白天，绵密的雨把早春的天空填满，扯出一根根虚线，我慢慢地走在桥上，节令错了，时间错了，天气错了，一切都错了，自然不会有王氏这样的揽物之情。何况我与王氏，中间隔着百年沧桑，心境早已不可同日而语。

但在桥上望，还是能看到云山千叠，沱江就在我的脚下，在山的怀抱里展开，曲栏回巷，木墙黛瓦，还有檐下已经褪了朱红的灯笼，一切都是反秩序的，掩在淡淡烟霭中。一根根流动的线条，缥缈、曲折，勾勒出轮廓的沉浮，仿佛古董店里一个庞大的摆件，以镇店之宝的气度，展示着庸常的日子，以及成为昨天的过去，花开花谢，云起云飞。

浓墨就是这样，以一种柔韧的力量向你靠近，送过来浓浓的化不开的风情。

四

焦墨，是水墨的底蕴和筋骨，凤凰这幅水墨，是绝对不会缺乏焦墨的风骨和苍劲的。

走在凤凰的角角落落，总是会想到沈从文和黄永玉，他们是表叔侄关系，都只念过小学，一个14岁投身行伍，一个12岁外出谋生，双双浪迹江湖，读人间这部大书。当年离开家乡凤凰的时候，一叶扁舟，出武水，下沅水，恐怕连他们自己也没有想到，会先后走上世界艺坛。

其实，在他俩星光闪耀的背后，还有更多不为人们所熟知的名字。

土家族诗人田星六，是南社诗人，和当时著名诗人柳亚子先生交谊深厚，书信唱和极为频繁，他一生出版了十余种著作，至今仍存有《晚秋棠诗集》八卷。

刘祖春的小说集《佃户集》，于1940年由商务印书馆出版。

田家的电影剧本《车水马龙》搬上了银幕。徐官珠的歌曲《周总理啊，翻身农奴怀念你》被陈列在周总理展览馆。吴雪恼的中篇小说《姐妹仨》获过全国第二届少数民族文学奖。

民国三年（1914），湘西镇守史田应诏在凤凰开办一所国画专科学堂，致力培养绘画人才。杨国勋在 1979 年便有画作到日本展出，1981 年有 15 幅作品参加法国举办的法中文化交流"中国传统绘画展览"。刘鸿洲的《赛》被中国美术馆收藏，《沈从文》《母亲呵母亲》先后进入全国第五、六届画展。近年来，又冲出了田耳这匹文坛黑马。我知道，以上这几节叙述是枯涩甚至是乏味的，请原谅我找不到更好的表达途径。

地理常识告诉我，凤凰很小，中国很大，世界更大。何以这个 1000 多平方公里的小县，会以它独特的文化魅力，影响 900 多万平方公里的中国，甚至是 5 亿多平方公里的世界？山水的皱褶里是否隐藏着什么密码？或者是奇山异水激起了这里的人们表达的欲望？

我信步在石板小巷里，雨还没有歇，雨巷悠长，湿漉漉的，青苔爬过墙壁，脚下的石板上，偶尔积着一汪水，晶莹、透亮，一副可爱的样子，蕴蓄着早春的气息。我一路走着，走一段便能看到一个小书摊，躲在一棵高树下，或者缩在一个不起眼的拐角里，等着出售的书很随意地平摊在门板上，奇怪的是里面找不到市面上热卖的书，卖的书全是本地作者的，沈从文和黄永玉的自不消说，还有很多是无名作者的。我试着报了一位文友的名字，问他的书有没有。摊主不假思索地回答，有，他是个诗人，说完拿出书来给我看。一连问了三家，回答大同小异。其实，我那个文友除了写诗，那时还有一个更响的头衔，凤凰县政协副主席。而这个带官字的头衔，已被摊主忽略不计了。

我忽然开悟，在这里，民众在世俗和文化之间，摒弃了世俗，选择了文化，正因为对文化的敬畏和膜拜，才使这个古代被称为"五溪苗蛮之地"的所在，流淌着浓郁的文化气息。智者乐山，仁者乐水，山水可以悦目，毕竟直白、浅薄、单瘦，再美的山水，留给人的印象也只能像花朵一样，注定了花期过后的速朽成泥，这是一个归零的过程，源于泥土，回到泥土。只有嵌入文化的元素，一片土地才有了厚重的灵魂，越是沧桑久远，越能勾起人们内心的仰慕，逐渐演变成一个强大的磁场，散发永不衰竭的魅力。

一个晚秋的黄昏，我登上岳阳楼时倚着栏杆想，如果没有范仲淹，这座并不高大也不牢固的木楼，会不会早已坍塌？就算躲过了风霜的摧折苟存于世，它会不会受到众人的追慕和垂青？站在阳关的时候，我依然想过类似的问题，仅仅是两个颓败的土堆，为什么会吸引人们的脚步千里而来？

据资料显示，2014 年，凤凰接待游客 956 万人次。这中间，有多少是为探访沈从文先生的足迹，或是追寻无愁河上的浪荡子的行踪？四分之一，239 万？二分之一，478 万？

我无法给你准确的答案，我记起一个细节，在沱江的跳石桥上，一个游客冲着船上穿着苗族服装唱着苗歌的女孩大声喊着：翠翠——翠翠——那是一个瘦高的中年人，戴着眼镜，看样子是善于掩饰情感的那种，而那一刻，他大约忘记了自己，变得手舞足蹈得意忘形。

黄宾虹说："60 岁之前画山水是先有山水再有笔墨，60 岁以后先有笔墨再有丘壑。"我想，这个丘壑，是用焦墨勾点出来的，是水墨的魂，也是凤凰的魂。

五

在去凤凰以前，我想，凤凰也许会在最醒目的地方规划一个公园，立一尊沈先生的雕像，这样并没有什么不妥，很多的城市都是这样做的。事实上，在小城里是看不到这些的，就连沈先生的墓地也在离城区较远的听涛山，需要从沱江的下游经过一座桥才能到达那里。

听涛山这个名字，应该是在旅游的大背景下衍生的。因为沱江是静默的，站在岸边听不到涛声，隔岸很远的山上就更听不到了。

墓地简陋，看上去甚至有几分寒酸，没有习常的陵园，雕塑、翠柏、苍松，也没有华表、石狮、石虎。和沈先生那个老屋一样，流落在一片民居里，本色示人，我印象最深的是院子里有一口大水缸，堆满了水，平静得能当镜子照出人影来。墓地和老屋都偏于一隅，在一种平和宽容的基调里，打量着熟悉的曾经。

这是水墨中的淡墨，轻轻一笔，毫不着意，像蓄雨的云朵，在辽阔的天幕上轻轻润开。

不过，我更愿意看作是水墨画中的留白，大地的留白。

与木棉擦肩而过

　　一朵云垂在天空，我仰起头望，它高高地悬着，没有挪动的意思，它要守候什么呢？

　　我把头低下的时候，这样寻思，当然，我不会知道，一朵云的心事。

　　我不再去想，在火车站前的一个广场边上，上了朋友的车，里面不挤，就四个人，都是朋友，送我和另外一个朋友去附近的城市。

　　车沿着风的方向走着。阳光在云的底下，看样子不愿挤破云层，还在继续安睡。昨夜肯定下过雨，现在还残留着它们的影子，地表枝叶上都是，我在火车上睡着了，没有听到。天空潮湿，呼吸里来来回回的，都是雨水的味道。

　　叫卖声小了不少，还看得到散落的遛狗的人，女人居多，卷着发的头望向空中，和狗一起踱过去。车多起来，变成一根线条，慢慢拉长，风往后面吹，把头发吹乱，我伸手去抚，抚平后，又乱了。

　　木棉闯进我的视野，我甚至都不知道。毕竟，在我思维意识的层面里，没有丝毫的准备，它是我这次旅途上的不速之客。

　　坐在车上，我的目光从来没有固定过，蜻蜓点水一般，熟悉和不熟悉的地方都是这个样子。这也算是一种贪婪吧，想把四周围很多东西收进眼底，或者说搁到记忆的表层，事实上又做不到。

我把望着前面的目光收回来，从身旁的车窗望向公路的一侧，木棉就这样和我相遇了。空旷的枝上，一串串的花，之所以说空旷，是因为我没看到叶子，一个绿点都没看到。它们在我身边晃动，活蹦乱跳的样子，等我细看，一晃又过去了。

可惜，我不认识它们，真的不认识。在照片和水墨里都看过，是修饰夸张过的，记忆定格时，也加了修饰夸张的成分，就是这样，当鲜活地出现在眼前时，反而认不清了。

我问车上的朋友："这里过什么节吗？树上扎那么多的花？"

朋友扑哧一笑："不是扎的，是木棉。"

几个当地朋友大概也听懂了，跟着笑起来。

这样的笑，多少让人有些尴尬，我真是懊悔没有看个明白，问了一个这么愚蠢的问题。坐在前行的车上，就算看不分明，盯得久了，也能感受一些花朵的气息。在乡野里长大，草木的味道，就是说融进了血液里，都不算过分。

好在车上没有外人，都是朋友，也不算是什么大事。我跟着他们笑："第一次见哩。"

没有人搭腔，大概他们觉得怕我尴尬，不好说什么，车内恢复到初始的安静。司机回过头看了我一眼，踩了一脚刹车，发动机粗重的喘息声慢慢变小，车速慢了下来。我们的车一慢下来，后面的车便挤成密密的一排，好在也没有人使劲鸣笛催我们快走。

我喜欢开得慢的车，慢悠悠的车，好像少了一些钢铁的坚硬与冰冷，比飞奔时更可爱，对这个驾车的年轻人，心里竟有了些小小的感激，这不是矫情，是当时真实的想法，生活里，适当的矫情也伤不了大雅，只是，我早过了矫情的年龄。

这次，我看清了木棉。它们就在路边，长长的一行，一点点滑过去，像筑得潦草的花墙，我与它们之间，只隔着一扇车窗，还有车窗外一段潮湿的空气，如果我愿意伸手，肯定能触摸到它们的瓣和蕊。

它们长在高高的枝上，脸——张开，嘴角翘起，像在对着谁笑，天空、大地，或者过往的行人，那种笑单纯，没有别的内容，就像人与人之间，相逢一笑，笑过之后，背影很快消失在人流里。天还是阴晦，在这张略为晦暗的背景里，产生了明暗调子的对比，花朵反而映衬得清晰。我想该用什么样的词去描摹它们，费了一些功夫，只想到明艳绚烂热烈之类老得掉牙的辞藻，这样的词自然不适合用在它们身上，可是，我已经想不到别的词了。也许，它们压根就不需要谁的描摹，是我这个异乡客自作多情了。

在一朵云的天空下，我们近距离相遇了，我望着它们，它们也望着我。目光相对，不是浅笑盈盈，不是彼此欣赏，也不是什么心灵相通，或许有一点错愕，我压根没料到能见到它们，它们也没想到我会出现在这里，在一辆移动着的车上凝视，一场邂逅，就是这个样子的心理吧。

其实，我可以叫小伙子把车停下，然后站到木棉树下，仰起头细细打量，浮想一番，再用手机拍几张照片，带回生活里。但我没有，一路舟车，跋山涉水，并不是为木棉而来。车夹在车流里，慢慢走着，我在默默数着高大的木棉树，一棵，二棵，直到再也看不见。

我回过头，成排的树干正快速地向后移动，跳跃着，飞动着，距离一点点拉大，我抛开了它们，它们也抛开了我。我长长地吸了一口气，似乎想留住一点它们的气息，又似乎是数累了，可以歇下来闭目养神了。小伙子踩了一脚油门，车又开始快速地前行。再也看不到木棉了，在这座城市的一隅，我就这样和它们擦肩而过。

　　到达附近的另一座城市后，我盘桓了数日。办完事情后，在街上胡乱地走动，埋在匆匆的脚步里，穿过一条街，再拐到另一条街，我并不喜欢街道，它们千篇一律的面孔，往往会在某一个不确定的节点，勾起我厌倦的情绪。之所以一条街一条街地走，是希望在某一个地方，还能碰上几棵木棉。可是，最后留给我的，是一丝淡淡的失落，连小巷子也钻了不少，结果还是没有看见一棵木棉。

　　我在心里想，要不要找个当地人打听一下，这是个简单有效的办法，只要我开了口，没有人不会愿意告诉我。最后，我还是放弃了这个想法，就擦肩而过吧，没什么不好，生活中，有多少东西不是擦肩而过呢？

　　早些年有个天天混在一起的朋友对我说："朋友是一段一段的，现在我们来往频繁，以后或许就成了陌路。"我并不相信这种说辞，所以没当一回事。三年后，他改了行，我则还在老本行里混着，彼此竟真的没了音信。

　　真被他说中了，连朋友都是一段一段的，那么，其他的一切呢？

　　人间世里，有什么不是一段一段的呢？万物匆匆都是过客，你是我的过客，我也是你的过客。相聚在一起的，也只是找到了一个窄小的站台，等到汽笛声长长地响起，手中的站台票便变成了一张废纸。

　　有必要失落吗？纵然我们有万种情绪，但生活还是那个样子，没有办法改变。就像那个春天，在一朵云的天空下，我与木棉擦肩而过。

日日楼中到夕阳

那个黄昏，我站在岳阳楼。在此之前，我对岳阳楼的认识，都停留在泛黄的文字里。在我的想象中，岳阳楼应该是高耸雄壮，气势压云，毕竟它是江南三大名楼之一。但当我站在楼外的回廊上时，想象中的形象顿时颠覆殆尽。这座千古名楼实在是太逼仄了，它苍老羸弱，甚至还带着几分猥琐。在上面稍稍走动，整座楼便嘎吱作响，似乎这是踩踏历史的回声。

其时，夕阳从楼顶斜过来，天空的流云正在变换着颜色。眼前，洞庭浩阔，烟色升腾，袅袅娜娜中，君山隐约在望。刘禹锡说这是白银盘里一青螺，在我看来，却也欠妥，我宁愿看作那是王羲之狂草中的遒劲一捺，放荡不羁，却又张力无限。

据说，这座楼曾是鲁肃的点将台。三国那个风云际会狼奔豕突的时代，委实令人神往。如雨的马蹄，如雷的战鼓，如云的呐喊，壮士血、英雄泪，权谋与厮杀，万丈豪情与末路悲歌，都在那一段时期轰轰烈烈地上演。不难想象，眼前的八百里洞庭，那时是怎样的舻舳连翩，旌旗蔽日。闪光的铠甲，锃亮的刀光，圆睁的怒目，映着浩渺烟波，折射出腾腾杀气，再也见不到轻动的莲舟，再也看不到浣纱的女子，再也听不到悠扬的渔歌。水乡的柔媚已经彻头彻尾地收敛，一湖的刀光剑影，将一座楼染得豪气蒸腾。

　　风云散尽，一个时代已成为茶烟袅袅中的谈资。穿越几百年的山水，岳阳楼迎来了一位老人，他乘一叶孤舟踽踽而来，湖风浩荡，掀起他破旧的青衫，却吹不尽青衫上的斑斑征尘，那个时候，湖面绝对是阒寂的。不再有刀光剑影，不再有鱼腾水跃，亦不再有船帆在风中招展成猎猎旗帜。有的只是一支悲凉的渔歌，从湖畔隐秘的角落传来，幽怨凄切，抚摸着每一缕柔波，就在这样的渔歌声里，他缓步登楼，举目四顾，神游八极，思接千载。在这个时候，他到底想了些什么，没有人知道，哪怕是那些洞察幽微的史官和那些善于无中生有的所谓研究者，也只能徒唤奈何。也许，在他的心中，仅有一声叹息：好一派山河！然而，国事日非，江河日下，烽火正弥漫在北方的天空，自己颠沛流离，有家难归。老人步履踉跄，行行复行行，寒风碎雨中，栏杆抚遍，泪洒湖天，于是，有了"吴楚东南坼，乾坤日夜浮"。小小一座楼，充斥着旷古的悲怆。

　　又是几百年以后，范老夫子上楼了。文人生在北宋，政治清明，文风腾蔚，算是生逢其时。苏轼、欧阳修、王安石、司马光，虽有政见的纷争，虽也免不了放逐贬谪，但最终也算是功德圆满。所以，范老夫子登楼，看到的是另一番景象，虽说不上如六朝时西湖的胜景，翠华摇摇，舞低杨柳，歌尽桃花。但至少看到了采莲女子如花的笑靥，听到了渔家汉子爽朗的笑声，见到了商船不紧不慢地一路驶过。范老夫子到底是文章高手，面对湖光山色，水乡渔歌，却能见地超凡，在浮华浩阔的铺排过后，笔锋陡转，挟雨带风，一乐一忧，大开大合，让你陶醉过后，生生惊出一身冷汗。这种笔底波澜，不由你不佩服。从此，岳阳楼忧满天下。

　　历朝的史官，一如赵家皇帝老儿，大抵是尚文轻武的。将军在某地一场恶战，杀得天昏地暗，风云变色，往往轻轻一笔带过，惜墨如金。而文人们在某地饮酒赋诗，若有一两佳句，倒乐意絮絮叨叨，全然忘了刀刻的费力和笔墨的昂贵了。从这种意义上说，很多的名胜都沾了一个"文"字的光了。

当然，岳阳楼不需要沾谁的光。它本身见证了那么多的历史，承载了那么多的历史，既有彬彬文质，又有强梁霸气。历史本身是公正的，它无言的镌刻永不漫漶。你若为民，你的人品、你的修为；你若为官，你的政绩、你的口碑；你若为君，你的文韬武略、治平功业……所有这些，都不是史官们的一支瘦笔可以粉饰和抹杀得了的。不管是引车卖浆者流，长街屠狗之辈，或者是峨冠博带，君临天下，在历史面前，你除了战栗，还是战栗。

下楼时，落霞如染，残照当头，忽然记起宋人晏几道的句子，"年年陌上生秋草，日日楼中到夕阳"。时间起落，天地轮回，想想，这世间又是何其的公平！又有什么值得让我们去争得你死我活的呢？

夕阳收敛了最后一抹余晖，回去吧，夜就要来了。

修水何幸

黄昏里的修水，从容而宁静。

穿过一条条老街，擦肩而来的是慢悠悠的车和行人，夕阳从远山里过来，将最后的光晕洒在灰瓦的楼顶和婆娑的行道树上，时间仿佛停止，将过去的某一段切割开来，安放在这样一个地方。

漫步在这座小城，真正能感受到一座城市的幸运。

修河轻轻一弯，弯出了这座宁静的小城。修河，发源于湘鄂赣边境的幕阜山脉，全长357公里，是江西省五大水系之一。修，字典里的意思是使完美，通俗说就是越来越好，修水便因修河而得名。修河不像其他的河，躺在山脚，波澜不兴，气定神闲。河面建有风雨走廊，亭台楼阁一样不缺，供游人凭栏远眺。水，是大地的血脉，人类的起源，古人逐水而居临水而歌就是最好的证明。没有修河，自然不会有修水，一条修河，将一座偏远的小城流淌得温情脉脉，精致平和。

进入修水境内，一路可见千峰林立。在修水看山，见不到险峻峭拔，也见不到像海岸线一样的起伏绵延。修水的山，座座独立，层次分明，山顶缭绕着淡淡的云气，只露出小小的山尖，远看着像浮在雨中的笋芽。天光水色，让它们更添了一份独特意韵。"我见青山多妩媚"，辛弃疾的句子用在这里，真是入木三分。有好几次，我都有停车爬到山上去走走的欲望，可惜不能如愿，只能暗处学着古人，在心里涌出一句叹息：好一派山河！

修水的幸，不仅仅在山水，更在于人，这个人，就是家喻户晓的黄庭坚。黄庭坚，字鲁直，号山谷道人，北宋著名诗人，书法家。他自幼聪明好学，读书几乎过目不忘，七岁时，便写下了名动一时的《牧童诗》："骑牛远远过前村，短笛横吹隔垄闻。多少长安名利客，机关算尽不如君。"有人说这诗不如骆宾王的《咏鹅》富有童趣，倒有一种看破红尘的颓废，而我以为，这正是胸中有丘壑，笔底有波澜，小小年纪，便有了一种非凡的人生智慧。

熟悉宋词的人，绝对会知道黄庭坚的那首《清平乐》："春归何处？寂寞无行路。若有人知春去处，唤取归来同住。春无踪迹谁知？除非问取黄鹂。百啭无人能解，因风飞过蔷薇。"伤春似乎是中国文人永恒的主题，从李商隐的《无题》到苏轼的《蝶恋花》，随便翻一下古典诗词，便能听到他们面对落红临风叹息。但如黄庭坚这首《清平乐》写得趣味横生的伤春之作却并不多见。黄庭坚的诗词，追求"脱骨换胎""点铁成金"，开创了江西诗派，成为江西诗派的祖师。

黄庭坚纪念馆座落在修河畔，馆名为赵朴初先生题写。走进去，垂柳掩映，古木参天。几株高大的重阳木，树龄已有五百年，仍然枝繁叶茂，静静地立在那里，迎接南来北往的游人。其中一堵朱红的围墙上，开一扇窄窄的格子窗，窗外爬满了青青的藤蔓，看一眼，便让人想起宋时重门深掩的院落，"梨花院落溶溶月"，晏殊的那所院子也不过如此吧！

馆内，除了陈列黄庭坚的生平，主要陈列着他的书法作品。我们一行安静地观赏，黄庭坚的字，字体夸张，纵横舒展，但又行止自如，一反晋唐方正平稳的传统，每一笔都可见山涛起伏，大宋气象，但大飞跃之间又仿佛能听到空山新雨、暮鼓晨钟。一动一静，一纵一敛，写下了中国书法史上精彩的一页。他自己说："余学草书三十余年，初以周越为师，故二十年抖擞俗气不脱。晚得苏才翁，子美书观之，乃得古人笔意。其后又得张长史，僧怀素，高闲墨迹，乃窥笔法之妙。"日积月累，朝夕悟道，最终开出一朵朵绚丽的墨花，淡淡墨香，沿着历史之河，一流就是千年。

苏轼曾这样评价："鲁直以平等观作欹侧字，以真实相出游戏法，以磊落人书细碎事，可谓'三反'。"同代文豪的评价，真实地还原了黄庭坚的书法艺术特色。

展厅外，有一尊黄庭坚的塑像，双手合抱胸前，一手拿着书，眺望着滔滔修河。不远处的山上，文峰塔高高耸立，见证着这座小城的荣耀和幸运。

盘桓了两天，得走了，最后看一眼这座小城，依旧安静地浮在阳光里。我知道，这个地方，我还会再来的。

南国听雨

去南国，正逢雨季。

一路上，雨丝缭绕如织，远山蒸腾着水汽，一切湿漉漉的，或许，南国带给我的，正是南国的味道。

当夜，我寄宿在玉林市郊一个小村庄的院子里。这是一个四合院，估计有了年头，墙壁霉点斑驳，里面种着杧果、椰子、香蕉，还有很多叫不出名的树，其中两棵，挤满了红色的花，不像其他花，三三两两藏在叶底，反倒钻出叶面，一副落落大方的样子。

刚刚躺下，雨便来了。冷冷落落，东一点西一点，初秋里，枝头落叶，也是这副样子。紧接着漫天横来，紧锣密鼓地敲在窗玻璃上。可以想象，叶片和花朵上挂满了雨珠，慢慢变成细小的一串，吧嗒掉在地上，一滴，碎了，又一滴，碎了，像年轻时许多瑰丽的梦想。吸饱了雨水后，花朵儿清清艳艳，打开生命里最华丽的章节。香蕉、杧果、枇杷正在努力地改变自己，因为，成熟就在彼岸等待它们。其实也不应想象，一切本来就是这样的，伴着雨声，所有的物事都鲜活了。身处异乡的我，在没有节奏的雨声里，睡意渐消，一些思绪的碎片断断续续浮现出来。

年轻时在乡下老屋里听雨，是常有的事。雨似乎总是在夜里来，没有节点，没有前戏，在毫无防备的时候，突然就来了。敲打在整齐的瓦楞上，轻轻点点，也或者啪啪作响，不管大小轻重，总让人心里安静踏实。躺在泥巴屋子里，听着从老式窗棂里钻进来的雨声，竟日的彷徨和忧伤慢慢消融，渐渐进入梦乡。汪国真有一句诗："夜雨敲窗，夜雨敲窗清愁和清爽一样悠长。"汪国真的诗当年风靡一时，让无数人倾倒，不过，我并不喜欢。只是这一句，虽无诗味，但摹写还是真实的。这样夜雨敲窗的日子，逐渐成了我生命的一种积淀，一种特质，让我于心灵疲惫的时候屡屡念及。

有友人以为，听雨要找适合的地方，地方对了，便能听出况味。比如客居荒村野寺，暮鼓声里，听雨点穿林打叶，勾起心里头那种种淡淡的惆怅；或者坐拥空山，听新雨从山的那边洒来，吸一口气，满满的秋天的味道，日子和心情一样透明清幽；甚至在江南水乡挑一条悠长的石板小巷，撑一把老油布伞，慢慢走在润湿的青石板上，听雨声一点点打着伞衣，再从边沿无止休地溅落，仿佛走进一条时光的隧道，能看到长袍马褂，还有那个丁香一样的姑娘。

当初，我真是赞同这样的想法。后来读多一点诗词，才渐渐知晓，听雨无关乎地方，这是一种心境，有什么心境，便有什么样的雨声，这一点大约古今类同。李商隐听雨的时候，巴山已进入秋季，层林尽染，涨满的秋池里漂浮着片片落叶，静静倚在窗前，寒灯的光晕慢慢在雨中漫漶。你问我什么时候归来？我也不知道什么时候归来！这般境地里的雨声，真是让人惆怅伤感。蒋捷写下《听雨》时，已是风烛残年，歌楼上的雨听过了，客舟中的雨也听过了，人生的大起大落，已然沉淀在心头。如今，国破了，头白了，僧庐下滴滴答答的雨声，就让它响吧，悲欢离合，都已风流云散。陆游听雨时在临安，寄居在小楼里，春雨淅沥，杏花即将如雪，明早应该能听到童子的叫卖声了吧？但偏居一隅，胡未灭鬓先秋，哪有闲情去赏浮花浪蕊呢？今人也不例外，台湾作家余光中听雨，已过了蛰虫惊而出走的季节，地气回暖，万物蠢蠢欲动，可从他那飘飞的冷雨里，感受到的依然是萧萧寒气。

这些浮动着墨香的雨声，今天听来，点点滴滴，大过于悲情。莫如我听到的南国的雨，此刻，它们正拉开阵势，不知疲倦地打在窗外，侧耳细听，调子和节奏在不停地变换，如一声声长短不一的呼唤，把天空和大地同时唤醒，让人感受到一片土地的律动，一种由青涩走向成熟的力量。

走近桥山

历史总有沉睡的时候，就躺在某一处断壁，或者某一座山头，褶褶皱皱里，漫腾着诡谲的云烟。

后来者总想抓住一鳞半爪，从中复原那时的一缕阳光或者一片暮云，从而向世人宣告：历史有了惊天的发现。只可惜踏遍青山，穷尽巷陌，连蛛网燕泥也找不到了。

这也难怪，远古洪荒，刚刚从生殖崇拜走向部落图腾，礼乐还在酝酿，歌谣尚未萌芽。隔着五千年的山水，就算是磐石垒叠的高台，也早被岁月的霜雪无情地风化。

这是今年八月，我站在桥山脚下的一些感慨。

毫无疑问，桥山是一片风水宝地。青山璧合，古木参天，虽不能一望无穷，但纷披的阳光里，西北的苍穆与江南的婉约，尽收眼底。姬水在山脚顺势一拐，辟出一湖清波，时令虽属金秋，但杨柳仍好，参差而舞，一如钱塘之春韵。这在水源稀缺、风沙凌厉的黄土高原，委实算得上奇迹了。

一路沿着阶梯而上，穿过牌楼，进入正门，院落里古柏遍布，夹在回廊和碑林之间，因为树的渲染，回廊和碑林倒显得畏手畏脚，给人一种喧宾夺主的印象。其中有两株上了年纪，树干的外皮已经脱落，枝丫渐趋干哑，苍老颓败到不得不用几根铁柱从四周支撑，似乎来一阵风或者一阵雨，就会轰然坍塌。导游说这是黄帝手植柏，那是汉武帝挂甲柏，于是游人发出啧啧惊叹，纷纷举起长枪短炮拍照留念。

我惊诧于柏树的生命力顽强之时，也不由得暗自寻思：这真是号称"世界柏树之父"的黄帝手植柏？这些垂暮的树干，折射出多少历史的符号？又折射出多少王权的信息？

"黄帝者，少典之子，姓公孙，名曰轩辕。"《史记》纵然没有熟读，但开篇的这几个句子还是烂熟于心的。从史书上看，按古希腊诗人的说法，黄帝的时代应该归属于"黄金时代"，也就是儒家所说的"大同社会"。彼时，路不拾遗夜不闭户，人人皆谦谦君子，温良恭俭让样样不缺，那样一个时代，真是"大同"吗？

事实是，那个远古的年代，心智远未开启，文明还未流布，而王权已初行其道，战端之门已经打开，北方的天空下，布满了战争的愁云。

先是"不享"的部落被征伐，你不来进贡朝拜，挑战王威，征伐是免不了的，只有打得你服服帖帖，你才会听话。这就如毛泽东同志所说的一句话，"枪杆子里面出政权"。

接着是炎帝被黄帝收拾了，炎帝的罪名是"侵陵诸侯"，双方战于阪泉之野，黄帝三战得其志。想来那时秋天已去，冬天刚来，阪泉的天空暗淡无光，铅色的云朵下，人墙已经拉开，一双双睁大的眼睛里，隐藏着重重杀机。随着一阵响遏行云的呐喊，万众奔突，血流漂杵。夕阳西下，苍凉的原野上，横陈一具具尸体，笼盖着血色的光芒。

收拾了炎帝，这下轮到蚩尤了，蚩尤"不用帝命"，黄帝与其战于涿鹿之野，结果遭到"禽杀"。据说，蚩尤的木枷丢进山中，化作了火红的枫林。"日暮秋风起，萧萧枫树林"，唐人的这个句子，倒不像是感慨屈子，更像是叹息这样一段远古的故事。最后是"天下有不顺者，皇帝从而征之，平者去之"。从此，天下太平。

桥山的顶上，是黄帝的衣冠冢，我们爬上去，费了不少的力气和时间。晚秋的阳光还带着几分野性，辣辣地泼在我身上，但撒在苍凉的山峦间，已经变得恬静如水了。植满古柏的亭台之间，是一拨又一拨的游人，有游人在黄帝的灵前焚香祷告，悲风来回，林涛隐隐而起，青烟缭绕间，覆盖了一张张心事不同表情殊异的脸。

我无意于烧香磕头，坐在一侧的石凳上休息。我想起黄帝合鬼神于泰山，虎狼在前，鬼神在后，腾蛇伏地，凤凰覆上，抖尽了亘古的威风。不难想象，象车长驱，烟尘滚滚，前方万头攒动，身后是胜利的旗帜猎猎招展。这样的传说，让人浩叹的同时，也"骗了无涯过客"。

其实，部落间的争斗，遵照的一样是丛林法则。谁是谁非，没有人说得清，也没有严格的评判标准，哲人说，真理只掌握在一个人的手中，而那时的真理是打出来的。事实就是，黄帝胜利了，他坐上了象征王权的宝座，挥手之间，天地作色。从此，成王败寇的意识形态奠定了坚实的基础。"郁郁乎文哉！吾从周"，据说建立周朝的也是黄帝的后人，述而不作，信而好古的儒家更是为这种意识形态推波助澜，使之千年不衰，深深地扎根在国人的心中。

而今天，我们更是把成王败寇的思想演绎到了极致，攘攘尘世，行者匆匆，我们不再平和，不再从容，因为，我们的身边，利益的战车在轰隆隆地开过，碾碎了无数的高贵的灵魂。

离开桥山，阳光收敛了锋芒，西风残照里，一脉苍山，横亘在天边，是血红的云朵。下山的路很陡，可我感觉，并不比上山时轻松。

黄昏的壶口

抵达壶口，已近黄昏。

穿过扑满黄土的牌楼，走过一条水泥通道，黄河已然入目，如一道腾起的尘埃，从远处的狭谷呼啸而来，在这里突然使劲一收，形成一个名副其实的"壶口"，奔腾数百步后，拐一道弯，转身逃遁于夹岸的山间。

站在岸边看，飞溅的河水扯开一道黄色的帘幕，伴着烽烟般腾起的水雾的，是轰鸣的涛声，像战鼓，擂响在两岸，传至道道山梁，回应在向晚的风中。

苍老的河岸，是灰褐的岩石，并不算开阔，两岸的物事一览无遗，没有人家，没有庄稼，甚至没有斑斑点点的绿色，深入眼帘的，是一片原始的荒芜。地上覆盖着厚厚的尘土，踩上去软软的，悄然无声，行人过处，能看到许多模糊的脚印。隆起的乱石之间，偶尔有冲积的腐草，叶已腐败，只剩下灰色的秸秆，或许，这是萎谢的蒹葭。两岸的山，典型的黄土高原地貌，浅绿中夹着裸露的黄土，呈条状，干燥而坚硬，顺着山势起伏，将山一圈圈箍紧，像束着一条条的腰带。夕阳淡远，落在离天很远的山巅，落在狭长的河谷，落在浪花之瓣，天地一片苍黄。

我站在苍黄的镜像里，看河流的影子，看影子里的自己，时间的碎片撒落一地。听着这大地之上永恒之中的涛声，有如走进望弥撒的颓败的教堂，整齐的小跪凳，闪光的圣水，跳动的冰凉的烛光，凄伤的祷告，于这一切意象里，似乎能听到内心滴落的宁静。

我挑一块石头坐下，点一支烟，蓝色的烟丝吐出来后，变成苍黄的雾气，消融在夕阳之下的涛声里。

河的此岸是陕西，彼岸则是山西，在分属两个省那灰黄的河洲上，挤满了来自四面八方的游人，不时有一拨拨的游人从身旁走过，他们三五人一起，步履从容，喁喁低语，谁也听不清他们在说些什么。许多游人在拍照，靠在那一排象征性的摇摇欲坠的栏杆上，踮起脚尖，伸长了脖子，像一只只嗷嗷待哺的鹅。一位戴着安全员红袖章的老人见了，吹一声口哨，大喊一声，隐约好像是注意安全什么的，涛声不绝，无法听得分明。老人喊完之后，又去别处查看去了。我看到一个女孩，满头的青丝披散在肩上，穿一身红底嵌着白花的唐装，骑在一头黑色的小毛驴上，小毛驴很温驯，女孩的样子也很温驯，她的手随意搭在毛驴的背上，头微微仰起，脸上的颜色如古旧时光一样安静。也许，她不为别的，只是想把逼仄的青春开放在漫天的苍黄之中。

游人带来的烟火气息并未打破亘古的宁静，在这样的黄昏，这样苍黄的境地里，适合很多东西，比如独坐、流连，吼几句秦腔，当然，更适合想一段已然枯萎的心事。

这里，古属秦地，悲凉凝重的秦风就起源于这条河畔，这是融合在诗经大合唱里的一首首歌谣，曾经在凄迷的晚风中，温暖了河流山梁和苍凉的牧野，这样的歌谣，一直吟唱到今天，流淌成一条文化的血脉。

《尚书》里说："盖河漩涡，如一壶然。"壶口，属于《诗经》的哪一章？是《车邻》还是《蒹葭》？是《无衣》还是《终南》？

这样想着，那段遥远的历史，便在黄昏的余光中，像气息一般慢慢浮了上来。

遥望梯田

去广西的龙胜看梯田，正是四月。

那天下午，阳光似乎有意取悦于人，软软地撒满了整个宁静的壮寨。一位壮家阿妹领着我们穿过一座座玲珑而寂寞的木楼，沿着后山的青石小路拾级而上，一到半山腰，梯田便豁然于眼前了。

那些梯田，一层，百层，千层，层层叠叠，叠叠层层，从山脚直叠上山巅。四月的梯田，田野里泛着柔柔的绿，田埂上则盖着淡淡的黄，这就很好，黄映着绿，绿映着黄，黄绿相间，色彩分明。一条条黄色的线条千回百转，温柔起伏，将莽莽苍苍的大山分割成千姿百态的小块。有不少梯田水汪汪的，在午后的阳光下晃着银光，如一面面清亮的镜子，或者说是一颗颗硕大的珍珠，撒满了山山岭岭。

遥望梯田，我在沉默中思索。

我想知道，那些大大小小的梯田在成为梯田以前是什么，问当地人，都说得含糊其词：一片林子吧？一块草地吧？一地荆棘吧？问过许多人以后，我想，我是无法知道这个答案了。我所能知道的是，这里以前不是梯田，但是现在变成了梯田。这些层层相联的梯田，正袒露于我的视野。只是这个嬗变，熬过了漫长的时间，从元代，到明代，再到清初，整整经历了三个朝代。有时候你不得不惊叹时间的伟大，人类的伟大。比如就在眼前，几百年以前还是一片林子、一块草地，或者一地荆棘，几百年以后就变成了层层梯田。自然的造化之工，在这里都显得黯然失色。

遥望梯田，时空不再辽远，很多东西都向我奔涌而来。

我依然能听到昨天的镰刀斧头叮当作响，听到壮家汉子的劳动号子，听到壮族女人那带着几分苦涩和无奈的歌声。这组夹杂着汗与血的乐章，把沉睡了几千年的大山一点点唤醒，使大山的内容变得丰富而生动。长长的几百年，日复一日地开垦，寒暑侵袭，蚊叮虫咬，茅草割伤了双手，荆棘挑破了衣衫，面对这一切，有人怨过，有人哭过，甚至有人退却过，但为了生存繁衍，为了那一份遥远绵长的希望，壮胞们别无选择，只能在这贫瘠荒凉的山头，奋力挥动镰刀和锄头。一代人倒下了，一代人顶上去，锄头还是一样的锄头，镰刀还是一样的镰刀，不一样的是脚下的梯田正以一种顽强的姿态向前推进。长长的几百年，洒下了多少汗水，磨破了多少手掌，抛洒了多少眼泪，站在山腰的我，已不得而知。

第一个收获的秋天，天穹碧透，阳光是深黄的，稻子也是深黄的，苍莽的山岭涌起万卷金浪。老人来了，妇女来了，孩子也来了，老老少少走过瘦瘦长长的田埂，深深地弯下腰，伸出颤抖的双手，捧一把稻穗，摸摸、闻闻、嗅嗅，一个个热泪盈眶。有一支歌响起来，不知来自哪一条田埂，接着有许多歌响起来，随着深黄的风在梯田的上空飘荡。在粗犷婉约的民歌声中，壮胞们小心翼翼地将稻子割下，装进背篓，晃晃荡荡地背下山去。从此，梯田成了他们的衣食父母，成了他们朝圣的殿堂。

那些开垦梯田的先人们，做梦也没有想到，他们含辛茹苦开垦的梯田，六百多年后会成为一道"天下一绝"的风景，为自己的子孙后代换来滚滚财源。即便如此，今天的梯田上，仍能看到壮胞们在艰难地劳作，他们并没有把梯田当作风景，仍然精耕细作，侍弄得熨熨帖帖，仍然和他们的祖先一样，心怀虔诚，对万顷梯田顶礼膜拜。

大气，苍凉，雄浑，壮美，把这些词用在龙脊梯田的身上，都只是肤浅的形胜而上的描绘。在我看来，遥望梯田，它足以用它内在的无法捉摸的一面震撼你、征服你，唤醒你体内潜藏的某些东西，让你的血液加速流动，至少，在你最失落、最颓废的时候。

所以，我想，我是不会也不应该忘记那些梯田。不管身处何方，我依然会于最黑的夜里，在重重叠叠的梦中遥望。

壮家小楼

在广西龙胜借宿的壮家小楼，我是真有几分喜欢的。

楼是木楼，不算高的柱子，宽宽的木板，上面刷着米黄的桐油，屋顶盖着灰褐瓦片，就如不假修饰的壮家姑娘，整个一副素面朝天的样子。屋侧有一小溪，清亮的水哗啦啦淌着，溪上有一木桥，恐是有些年代了，木质已开始腐烂。这情形，很自然让人想起马致远的小桥流水人家。

这样的木楼，在湘西的凤凰见过不少。但凤凰的木楼有一种老气，从楼脚到楼顶都呈油乌色，只看一眼，岁月的烟尘就扑面而来，很容易让人想起沧桑，或者远古之类的东西。我以为，这样的楼，可观、可赏，甚至可发思古之幽情，唯独不宜居住，住久了，会让人感到压抑，再粗粝的心也会变得脆弱，或者沉重。

而借宿的壮家小楼则不同，它多了几分年轻的气息，阳光从宽大的格子窗里筛进来，整座小楼亮堂堂的，小楼里的家什也极其朴素，床是简易的木床，凳是简易的木凳，简简单单，清清爽爽，一切与豪华二字沾不上丝毫的边。这样的小楼，人一走进去，心里的汤汤水水就全没了，人和楼都一下子落得出奇地宁静。

当晚，我躺在小楼上，调皮的月光和山风从窗里泻进来，小楼的一切变得清幽，如刚出浴的少女，披着轻轻的薄纱。我有些困，但睡不着。当然不是和李白一样，几缕月光，就惹起无尽的乡思，毕竟我不是颠沛流离，独处异乡，还不致于招来一腔浓浓的乡愁。我想爬起来，看看这个寨子的夜色，但白天坐了半天的车，爬了半天的山，累了，就懒得动。依然躺在床上，想着一些乱七八糟的事。

"梯横画阁黄昏后，又还是、斜月帘栊"，这座小楼里，是否也演绎过这样的故事？搭好梯子，等着思念的人儿前来相会，结果是望穿秋水，杳无音讯，只有无情的月光，在窗口悠悠斜照。想远了，纯粹是瞎想，这样的故事，有也罢；无也罢，总与我这个异乡客不相关，我又何必去想呢？

夜正静，楼脚的溪声随着沁凉的风飘来，远了，近了，近了，又远了。在溪声断断续续的调子里，我进入了梦乡。不知过了多久，朦胧中我仿佛听到了雨声，我爬起床，站在窗前，果真是雨，很小的不乏情调的那种，落在瓦片上，落在树叶上，滴滴答答，淅淅沥沥。"小楼一夜听春雨，明朝深巷卖杏花"，只是这里不是江南，而是南国，没有长长的巷子，没有清香四溢的杏花，当然也就没有那个扎着羊角辫的卖杏花的小姑娘，若真有，我就买它一朵桠，花好，自然不在乎多，插在窗前，余香袅袅，让小楼添一分江南烟雨的味道，总归是好的。

第二天醒来，主人正忙着弄早餐，烫米酒。外面，山雾如一张柔软的网，罩着小小木楼。高大的梨树，兀自绿着。梨树下，有株映山红，据说是主人从很远的山头移来的，花半开半掩，在乳白的雾中，如一支支燃着的小小红烛。不过，我若是屋的主人，不一定会种映山红，我会种一树梅花，有些老气的那种，有些寒碜的那种，会开白花的那种，开花的多少无所谓，只要开花就行。到了寒冬，最好是落雪的寒冬，邀三五个朋友，几杯清茶，一壶淡酒，慢慢地品，慢慢地聊，看小楼外的梅花有意无意地开，那情致，可抵半生尘梦。当然，我不是楼的主人，只是想想而已，楼再好，都是人家的，况且，我也无意做楼的主人。

小小木楼，确实很好，宁静、幽远。可以清心，可以怡情。人世间有很多美好的东西，并不一定要占有，遇上了，就是一生的福气。

孤独的梧桐

　　梧桐，是最接近孤独的一种树。

　　我邂逅她，在同一纬度，在二十几年前的故乡。她留给我一个缄默的姿势，一个疼痛的侧影。浓稠、冷静，以一身迥异于支系繁杂的同类的绿，独立于大地之上。我暗地里猜度：这般打扮，是为了等待一场邀约，让对方一眼就能辨识吗？

　　白昼像橡皮筋一样拉长，黑夜萎缩，生命之门彻底打开，夏，每年都以同样的格调出现在故乡。我看到梧桐的花燃烧出白色的火焰，裹在低温区的焰心，以一点温暖的红解构自己。子房像待嫁的乳房，来势汹涌而蓬勃，再也遮掩不了那一份甜蜜的羞涩。某一个清晨，一只放浪的手从梦中伸过来，幼小的生命便像武士一样排好队列，站到阵地的前沿，随时准备投身一场关乎命运的决斗。花瓣一不小心，复制了卷云的妆容。阔大的叶，是春天最后的缩影，它抄袭了蜘蛛的作品，纹理在阳光的背面纵横流转，慢慢收拢，包藏着一团细碎的新火，就像一盏水晶灯，在盛夏的高冈，透出神性的光芒，将苍山的肌肤一一抚遍。

　　花很快被时间偷走，时间是天底下最狡猾的贼，它偷走的东西，你永远也别想要回来。梧桐的子只好驾着一叶扁舟出发，桨板反复楔入水的肌体，像婴儿的歌唱，自夏季的胸腔传出，从起点处的一片青芜延续到终点时的橙红裹遍。水花溅起明亮的波纹，将它们的身体不厌其烦地雕刻、卷曲、凹凸、逶迤。绵密的纹路，是还未来得及进化的文字，隐藏着季节的索引，自身的年轮，还有心中的悲伤和期望。西风逼近，裹金的潮汐将薄如蝉翼的舟舫一次次调戏。

特立独行的梧桐，是一张来自远古的拓片，让人想起部落、图腾、火这些带着原始和宗教色彩的词语，想起某一座虫豸遍布的老林深处，那条瘦若无骨的流水，粼粼的波光浇灌的最牵引目光的一桠。细雨飘飞，梧桐在一个即将被人们遗忘的夜里，神秘地来到故乡的山野，以她的绝世独立，为轻佻的山冈，添上一笔醒目和悲凉。

《诗经》中有这样的句子："凤凰鸣矣，于彼高冈。梧桐生矣，于彼朝阳。萋萋萋萋，雍雍喈喈。"让我闭上眼睛，想一想：阳光挣脱了地平线的桎梏，这些刚刚获得解放的精灵，顺着黑暗逃走的方向一路追赶到高高的山冈，梧桐合上眼睛，深吸了一口气，她已经闻到了一种熟悉的味道，像猎食场中的猛兽，又一次嗅到了血腥的气息。凤凰的云彩，在高高的梧桐之上，盛开着彩虹般的焰火。不远处，秦人放下了手里的柴火，还有一根玉米一把荞麦，低低地倒伏在比地表更低的尘埃。

《闻见录》里说："梧桐百鸟不敢栖，止避凤凰也。"难怪被安静挟持的梧桐树上，看不到一根触须一片羽毛，甚至一只软体的虫子将时间缓慢地拱动。就连它即将落下的叶片，也决不认同同类的红色，只有黄，没有任何杂质，一种绝对的温度。一片一片，像镀过一层薄薄的金，在风中翻卷，就要跌落地面的那一刻，还在亮出她最后的威仪。"天玄而地黄"，在古代阴阳五行学说中，将五色与五方和五行相配，土居中，所以黄色为中央正色，一种王者之色。梧桐，以她未经修饰的高洁，拒绝了这个世界所有的喧闹和凡俗，在这片万物歌唱的土地之上，一头迎向孤独和寂寥。

　　吴王夫差曾建有一座园林，因为一心想引来凤凰，所以园内种满了梧桐，得名梧桐园。面对强权、骄奢、淫逸，梧桐开始沿着来路撤退，把自己隐退到时光的深处。薄薄的雾霭，将园子拦腰一抱，像一驾白色的马车，驮走沉静在梧桐树下的时光。

　　凤凰终究没有来，只招来了一个浣纱的女子。她徘徊在这个园子里，用海妖一样的歌声，魔鬼般的舞蹈，招引着夫差的魂灵，走上一条没有归途的路。在夫差的眼中，她凝脂的肌肤，修长匀称的小腿，是命运之神赐给他的一个完美无瑕的器皿。而西施，倾尽所有的私人财产，来换取一个国家的命运，促成一场马太效用的翻版。漫长的等待中，她像一只通灵的刺猬，将身上的刺一根根拔光，而她那颗处女的心，不再像在浣纱的河边，始终处于一种布朗运动。而是收缩成含羞草的一根枝丫，任何一丁点的动静，都会带给她足够的痛感。

　　一切谢幕，历史没有兑现对西施的承诺。失重的砝码当的一声，掉进了卧薪尝胆的托盘。梧桐树下，悲风来回，不知后来者可曾听到，那长一声短一声的叹息？倾向于人格化的历史，总是充满着讽喻，恰恰是这一点，使更多的人懂得了西施，记住了西施，那种以卑微之躯献身祭坛的决绝、美丽和哀愁。而勾践，将以比西施更快的速度，靠近遗忘。

　　夫差那座园子，还有一个名字，叫琴川。琴声一脉，仿若流水出岫，无心相逐。有梧桐，所以有琴，有琴，所以有琴声。梧桐与琴，就像宣纸和画，属于天作之合。梧桐，是琴前世的情人。

　　伏羲砍下梧桐，浸泡于流水，制成瑶琴。自从那一声苍凉的琴声划破旧石器时代错愕的表情，梧桐与琴，便开始了一场跨越长空的纠葛。梧桐一旦为琴，就不再是纯粹的梧桐，它已成为琴的过去式，梧桐的将来时，牵扯上艺术乃至人格，从此染上浓重的悲剧色彩。

　　伯牙手里的，就是伏羲所制的瑶琴。或许，伯牙并不是做琴师的天才，三年的时间，琴弦一次次吮吸他的指尖之血，只是，他受难的手指并没有盛开出花朵。琴声泄露了众多的信息，呆滞、笨拙、羞怯，就是没有悲伤，悲伤的是琴，是他和师傅连成。师傅把他送到了蓬莱，一个缥缈的神的住所，希望他得到神的喻示，穿越五音的堂奥，从此，以一缕琴声，征服每一片鼓膜，邀宠一个广袤的世界。

伯牙有没有得到神谕，没有人知道。他将涛声、鸟鸣以及花开云流的声响，全部收纳到指尖，经过酝酿发酵，调整角度之后，重新泼洒到七根带血的琴弦之上。他做到了，琴声里的山水，很快让"六马仰秣"。一代琴师，在这里完成了无数次出现在梦中的嬗变，同时，也将自己的灵魂推向了孤独的深渊。往上，已成为一座孤峰，两侧是浩渺的苍穹；往下，随之而来的都是仰视、伪饰和盲崇，没有人能真正理解他指尖上的絮语。

伯牙遇到钟子期，并很快失去他，一切，都是定数。是不是琴声美得天衣无缝，所以注定要绕开庸常的解释？是不是琴声出卖了上天的玄机引来众神的恐慌和愤怒，于是被罢免了再次登台的权利？只允许一次，唯一的一次。而这一切，在靠近那个夜晚之前，伯牙并不知道。

阳光送走了月光，夜开始宣誓它的主权。遥远的星空在伯牙的头顶铺开一张神秘的地图，江水将一片片月光推回到岸边。等待是一株幸福的植物，只为镰刀将全身的丰收掠夺。时间告诉了伯牙什么叫不幸，他一身的果实只能兀自芬芳，收割的人再也不会回来了。如果丰收不是为了收割，那么，丰收还有没有存在的必要？

伯牙坐在一块石头上，琴声跃过他的指尖，将天空注满。化作风，化作雨，化作月光，化作黄叶和泪滴，从辽阔的天幕萧萧而下，倾刻戛然而止。他站起身，一声长叹，挑断了心中那根弦索，将瑶琴摔向闪着幽光的青石，沉闷的响声，就像蝴蝶在生命最后的一息拍打着翅膀。

波涛不再奔流，白云不再激荡，花朵不再期待春天，一切，回到了从前，也或许再回不到从前。伯牙用孤独叠加自己的人生，慢慢垒成一座高高的塔。五十九岁那年，因为过度的负重，塔轰然坍塌，孤独腐败的气息狼藉一地。我在想，生命最后那一刻，伯牙是否还在反思江边明月入怀的长夜和那个负薪而去的背影？

瑶琴已碎，焦尾现身了，它携带着烈焰诀别沸腾的灶膛，残破的身躯，早已被下了蛊。

琴弦熟悉蔡邕的手指，博学多才的蔡中郎更懂得琴的秉性，亲手所斫的焦尾，已经寄托了他高山流水的志趣，因而，在牢狱之中，他请求自断手足，以残躯去记录历史，但未得到王允的许可。最后，将花甲的生命钉死在一根忠诚柱上。

蔡文姬的纤纤玉指，抚遍焦尾的七根琴弦，父死夫亡，接着被掳与匈奴左贤王为妻，背井离乡，委身于人，在苦寒的漠北，十二年的光阴，浓缩成琴弦上一个悲怆的音符。被曹操高价赎回的同时，又不得不和两个爱子永别，乡情和亲情，永远不在同一个平面，去和留，都是将完整的感情锋利地切割。一首《胡笳十八拍》，每拍都是血和泪。

几经流转，焦尾到了后主李煜的手中，一个无能的皇帝，一个艺术的天才，近乎荒唐的组合，不得不疑心这是上帝的恶作剧：一半是魔鬼，一半是天使。悲剧的种子早已种下，来不及开枝散叶，就被一服牵机药连根带芽悉数拔起。就连最后收藏焦尾的昆山人王逢年，也因"试以义多入古文奇字，为有司所黜"。

嵇康在《琴赋》里说："惟椅梧之所生兮，托峻岳之崇冈。披重壤以诞载兮，参辰极而高骧。含天地之醇和兮，吸日月之休光。"这个敢于蔑视秩序的天才，也是一个斫琴的高手，懂得梧桐的价值，让一截常人眼中的朽木，散发出"奇、古、润、透、静、匀、圆、清、芳"这些绝妙的声音。他将一生交给了琴，交给了梧桐，生于广陵散，最后死于广陵散。

乡人谭嗣同 16 岁那年，祖宅内两棵高约六丈的梧桐被雷劈倒一棵，他以其残干，斫琴两架，其中一首琴铭为"破天一声挥大斧，干断枝折皮骨腐。纵作良材遇已苦，遇已苦，呜咽哀鸣莽终古！"这让人联想到文天祥的琴铭："海沉沉，天寂寂，芭蕉雨，声何急？孤臣泪，不敢泣！"短短的琴铭，冥冥中连接着秘而不宣的某一个角落，暗示了什么？又泄露了什么？

残缺的梧桐，暗哑的梧桐。两张同一材质的琴，一名"残雷"，一名"蕉雨"，两个名字，都充满着哀凉入骨的意味。两个汉子，侠肝义胆，就戮于同一个刑场：菜市口。血腥还残留在乌鸦敏感的嗅觉里，鲜红的血又一次浇注在那片肮脏的土地上，这中间，仅仅隔着短短的六百年。

琴声消散，谁仍在倾听缭绕的尾音？涟漪还在，变成一张蛛网，谁校准了自己的坐标？谁成了谁的道具？谁羽化成光明女神蝶？谁沦落为银丝下僵死的蝉蜕？当时间的河流席卷大地上的事物一去无迹，又是谁允许谁继续弹奏：一个世界，苍茫如雨？

这些繁复的思考和追问，都化作蓝天鹅绒的天空，天空下，仍然站立着远古而来的梧桐——孤独的梧桐。

《本草纲目》中说，梧桐，甘，平，无毒。皮、叶、子均可入药。不是大寒，也不是大热，非虎狼之药。陶弘景说："梧桐皮白，叶似青桐，而子肥可食。"记得小时候，我们总喜欢把梧桐子捡起来晒干，放到锅里炒熟，再加上一勺茶油，一股香香甜甜的味道在屋子里飘散。一年一度，小小的梧桐子，成为童年温暖的注脚。

这是梧桐的低眉随俗，是最贴近土地贴近卑微生命的一面，是梧桐的悲悯情怀。这些元素的注入，淡化了孤独的色彩，使梧桐的生命，更加立体，更具有内涵丰富的美学意义。

人世间，从来没有人告诉过我，高洁和悲悯是一对永远的悖论。

十年孤独永州梦

一

踏上永州这片土地，是早春的一个雨天，泼泼洒洒的雨给这座湘南的山城披上一件灰蒙蒙的衣裳。春寒像山泉一样，从寻常巷陌潺潺流出，让人感觉这不是春天的序曲，而是冬天告别时抖落的余威。

我们的车穿过冷清的街道，到达一个叫作老埠头的地方。远处是荒芜的田畴，一座宝塔孤零零地立在水渠边，这一切添上冷雨的意绪，更显出衰老和颓败的格调。寒烟笼着光秃秃的枝丫，烟树一侧，湘水和潇水完成汇合仪式后，结成真正意义上的湘江，一路牵扯着北去。这是锦绣潇湘的原点，唐代在这里建有一个驿馆，名叫湘口馆。

古老的码头上，淡青色的石阶固执地向岸上牵扯，直扯到雨润烟浓的隐秘处。虽经无数双脚的踩踏，石头之间的缝隙里仍有青苔探出头来，这是时间沉淀的印迹。

永贞元年（805年）那个冬天，柳宗元就是从这里踏上这片叫作零陵的土地的。零陵是一个古老的名字，可以上溯到三皇五帝的时代，司马迁在《史记》里记载得很清楚，舜"崩于苍梧之野，葬于江南九嶷，是为零陵"。在1200多年前的唐代，零陵属于典型的蛮荒之地，经济凋敝，民不聊生，一度成为流放官员的重要场所。

从繁华的京都到这片蛮荒的土地，沿渭水，出潼关，溯湘江，过洞庭，四千里路风和雨，从希望之巅跌落人生的谷底，经历了洞庭湖上的惊恐和汨罗江口的悲怆，柳宗元尚未整理好自己缭乱的思绪，意识一直陷在混沌之中。此刻，他看到这片迎接他的寒风挟裹下的苍凉的土地，第一个想到的应该就是母亲。

母亲就在身边，由自己和堂弟柳宗直照顾着默默前行，表弟卢遵紧随身后。自己遭到贬逐后，母亲非但没有抱怨，反而轻言细语地抚慰，"明者不悼往事，吾未尝有戚戚也"。作为母亲，一点都不伤悲，这可能吗？母亲的豁达和坚忍，让柳宗元心头的痛楚远远盖过了愧疚和感动。

母亲已年近七旬，脚步不再稳健，根根银丝缠绕在头上，背影也逐渐如拉满的桑弓，现在还得舟车劳顿，长途跋涉背井离乡，陪自己流放到偏远的南荒。本来，这个时候，母亲可以在亲仁坊的故宅里，偎在红泥火炉旁，就着熊熊炉火，守着父亲曾经留下的熟悉的气息，慢慢翻着她喜好的经书，平静地安度自己的晚年。

他不知道该对母亲说点什么，也不知道什么时候能和母亲重回祖宅，让老母看到儿孙绕膝，享受菽水之欢？自己前途未卜，一切都是未知，又能对母亲说什么呢？

寒风瑟瑟里，他侧过头，凝望着踽踽而行的母亲，所有的情绪，都化作了一声幽渺深长的叹息。

故乡遥，何日去？

此刻，亲仁坊，已成为他心中最温暖而又最疼痛的一个名字。

二

亲仁坊毗邻皇城，位于长安城的核心地区，距国子监仅一坊之隔，柳宗元的家就在那里。

几年前的一个下午，我在西安非物质文化遗产博物馆向工作人员打听亲仁坊的情况，他们告诉我，什么也看不到了，已经建成了一所学校。但几经周折，我还是找到了那里，我不敢奢望触摸到历史留下的痕迹，只是想看一眼那个唐代威风凛凛的地方。果真什么都没有了，看到的和别处一样，一座座线条流畅的钢筋混凝土房屋，带着现代建筑的冰冷和得意矗立在初秋的斜阳之中。

附近一位开面馆的老人说，这里以前是一片空旷的原野，到处是隆起的乱坟堆，阴森瘆人，后来便推开建成了西安建大。"边城路，今人犁田昔人墓；岸上沙，昔时流水今人家。"听着老人的话，禁不住心中一声叹息。走在苍灰色的街道上，夹在人和车的流水里，谁会想到这里曾是名门望族公卿大臣的聚居地，是一个众人举目冠盖如云的地方？滕王李元婴、中书令郭子仪就居住在这里，都是柳宗元的邻居。

早在 4 岁时，柳宗元的父亲去了江苏的吴县为祖父守丧，他和母亲住在亲仁坊的京西庄园里，由母亲教他识文断字，从那时起，他便对文字产生了浓厚的兴趣。

柳宗元九岁那年，一场战争爆发了。诱发战争的直接原因是成德镇李宝臣病死，他的儿子李惟岳谋求继袭，得到河北其他两镇和山南东道节度使梁崇义的支持，企图确立藩镇世袭传子制度。新继位的唐德宗不同意，四镇就联合起兵反抗朝廷。唐德宗被迫出奔奉天，转走梁州，直到兴元元年（784）七月，才得以重返长安，史称"建中之乱"。这时，离"安史之乱"结束才 20 年。从那以后，长安又屡遭藩镇围困，有如一座危城。

为了躲避战乱，柳宗元去了父亲柳镇的任所夏口（今湖北武汉），夏口是一个军事要冲，这时又成为李希烈叛军与官军激烈争夺的目标，狼烟四起，一茬茬无辜的生命转眼化作了尘埃。劫难过后，残垣断壁，哀鸿遍野，这一切，给年幼的柳宗元留下了难以磨灭的印象。

贞元元年（785 年），柳镇到江西赴任。在这以后一段时间里，柳宗元随父亲宦游，到过南至长沙北至九江的广大地区。这期间，李怀光叛乱被平定，13 岁的柳宗元应崔中丞之约，给朝廷写了一封贺信，名字叫《为崔中丞贺平李怀光表》，热情洋溢地歌颂了平判取得的胜利，流露出他对太平生活的向往和尚不成熟的政治见解，获得不少文人的赏识。

贞元九年（793 年），21 岁的柳宗元进士及第，26 岁通过博学鸿词科的考试，授集贤殿书院正字。"三十老明经，五十少进士"，他超群的才华，在京城引起轰动，一时之间都向往与他相交，就连一些达官显贵也争着要收他做自己的门下。33 岁那年，柳宗元被擢升为礼部员外郎。

从一只脚踏入朝堂的金阶，再到台省郎官，这是一条异常漫长的道路，很多人在这条路上蹒跚了一生也没有走到，柳宗元却似乎走得格外轻松，只用了短短的七年。

仕途，向柳宗元展示着花雨缤纷的一面。此时的他，意气风发，等待着实现心中"辅时及物""利安元元"的政治抱负。

"安史之乱"是唐朝的一座分水岭，一边是万人仰慕的盛唐风月，另一边则是狼烟四起的落日残照。宦官专权，藩镇割据，朋党之争，各种矛盾错综复杂，使昔日成为世界焦点的唐王朝陷入了重重危机。

柳宗元长期生活在政治文化的中心，使他有了更加广阔的视野和襟怀。他曾在《答贡士元公瑾论仕进书》中说"始仆之志学也，甚自尊大，颇慕古之大有为者"，意思是我发愤读书，就是要像历史上大有作为的人一样干一番事业。早在武汉时，他目睹了战乱给老百姓带来的痛苦，现在年轻得志，又结交了刘禹锡、吕温这些思想活跃的朋友，这些因素，注定了柳宗元会义无反顾地向革新派集团靠拢，实施自己的政治抱负，最终形成一个以

"二王刘柳"为核心的革新党派。

贞元二十一年（805年）正月，德宗病逝。经过激烈斗争，确定由太子李诵继承皇位。一声轰轰烈烈的变革新政，自此拉开序幕。

革新派颁布了一系列政令，废除宫市，停止地方进奉，打击贪官，抑制藩镇，这些措施让风气焕然一新，老百姓又看到了新生活的希望，就连一向反对新政的韩愈也不得不说出实话，"人情大悦""百姓相聚欢呼大喜"。

当然，反对者更是大有人在，事实上，变革从一开始就受到宦官和保守派官僚的前后夹攻。侍御史窦群反对激烈，他说刘禹锡"挟邪乱政，不宜在朝"。武元衡也是一个，这个武则天的曾侄孙，诗才超群，"杨柳阴阴细雨晴，残花落尽见流莺。春风一夜吹乡梦，又逐春风到洛城。"一首《春兴》，令无数人击节。这位诗人宰相，也是新政的铁杆反对者。

七月二十八日，宦官俱文珍等逼唐顺宗下制，称"积疢未复，其军国政事，权令皇太子纯勾当"。八月四日，唐顺宗李诵被迫退位，九日，唐宪宗李纯继位，改元"永贞"。史称"永贞内禅"。永贞革新宣告失败，前后共146天。

宦官得势以后，王叔文集团即遭贬逐，王叔文被贬为渝州（今重庆）司户；柳宗元被贬为邵州刺史，后来朝议认为处罚太轻，又加贬为永州司马，刘禹锡被贬为郎州司马。这便是历史上有名的"二王八司马事件"。

三

一场昙花一现的变革，没有改变唐王朝的命运，使之走向中兴，却让柳宗元的命运来了个一百八十度的大拐弯。

古代皇帝处罚官员，无非三种最主要的手段，杀、打、流放。杀是极刑，打是惩戒，流放看上去算三种处罚中最富人性的了，是一种不轻不重的惩罚。但并非皇上恩典大开，既不杀你，也不打你，而是差遣你去登山临水，把酒吟诗，过逍遥自在的日子。对于流放者而言，实际上是一种"山非山兮水非水，生非生兮死非死"的生活，柳宗元的流放生涯便是这个样子。

永州城南的千秋岭一带，分列着大小不一的房子，雨打在屋顶上啪啪作响，腾起一阵阵烟雾，檐角挂着一串串水珠，不停地往地面牵扯，随便一扯，便扯出唐代的枝枝节节来。据说，这里就是龙兴寺古庙遗址，20世纪70年代在山脚还挖出过一块刻有"息壤"二字的石碑，这也证明了柳宗元的《永州龙兴寺息壤记》写的就是这里。

柳宗元的职务全称叫"永州司马员外置同正员"，永州司马本来就是个闲职，"员外置"就是没有编制，属于编外人员。这样，柳宗元便成了典型的"三无人员"，既无职务，也无公务，连个住的地方也没有。他只好寄居在龙兴寺。相传龙兴寺是蜀汉丞相蒋琬的故宅，吕蒙也在这里居住过，相传的事，总是不太可信的。事实上，寺庙荒凉至极，人迹罕至，"鸟鹳戏于中庭，蒹葭生于堂筵"，这样的地方怎么能住人呢？但没有办法，再荒凉也总比露宿野外要好。

柳宗元一家住的是西厢房，只有北面有一扇小窗，屋子阴暗潮湿。他无心修葺，只在西墙上开了一扇大窗，让阳光穿窗而入，可驱除湿气，保持屋子的干爽，更重要的是可以凭窗眺望远处的潇水和群山，以此慰藉霜寒雪重的心灵。

灾难没有放过柳宗元，一个又一个接踵而至。不到半年，母亲卢氏就病逝了。卢氏出身范阳大户人家，熟读诗书，三十四岁生下柳宗元，五十五岁孀居，一直同柳宗元生活在一起，对柳宗元的事业十分理解和支持。可是接连经历夫亡子黜的磨难，加上到永州后居住条件恶劣，水土不服，缺医少药，由此一病不起，带着无尽的悲伤和遗憾撒手而去。母亲的死，无异于雪上加霜，给了悲伤中的柳宗元一个致命的打击。"穷天下之声，不能抒其哀。"他不吃不喝，在屋子里枯坐了三天。由于自己是贬吏，人身不自由，不能亲自扶柩，护送母亲魂归梓里，直到第二年，才由随同来永州的表弟卢遵护送棺椁北归，与柳镇合葬。

第二年，王叔文被赐死。听到这个消息，自感于党人中"罪状"最深的柳宗元又陷入了深深的恐惧之中。元和元年，朝廷曾三次发诏命，一再重申"八司马"不仅不在宽赦之列，而且不得"量移"，即北迁到离京城较近的地方。这说明朝廷对他们的仇视已深入骨髓，"八司马"的重新起用之路变得暗淡无光。

多次遭遇火灾，"一遇火恐，累日茫洋"。母亲的离世，铺天盖地的流言蜚语，再加上水土不服，柳宗元的身体被摧残得不成样子。以致"百病所集，痞结伏积，不食自饱。或时寒热，水火互至，内消肌骨"。精神也越来越差，甚至读书作文都成困难。

灾难像一个魔咒，死死纠缠着柳宗元，使他沉浸在绝世的孤独之中，每天过着"贮愁听夜雨，隔泪数残葩"的日子。

元和二年，湖南普降大雪。雪来得又快又猛，覆盖了远山近水，寒潮持续不退。有一天柳宗元刚好从外面赶回来，大雪封路，走到朝阳岩的时候，再也走不动了，在朝阳岩下，他写下了那首著名的《江雪》：

> 千山鸟飞绝，
> 万径人踪灭，
> 孤舟蓑笠翁，
> 独钓寒江雪。

雪地孤舟，寒江独钓，好一幅高古凄怆的画图，前无古人，后无来者。

1000 多年来，激赏之余，这首诗也引发了诸多争议：有雪地里垂钓的吗？是对命运不屈的抗争吗？暗含了对姜子牙渭水垂钓获得重用的期待吗？没有人能给出一个明确的答案。

大概是民国初年的时候，有一位聪明的读者发现了端倪，这竟然是一首藏头诗！把每句第一个字合起来读，就是"千万孤独"！也许真是藏了头，也许这就是一种巧合，但都已经不重要了。

尽管身心俱疲，但柳宗元仍然没有忘记北归的梦想。刚到永州，他处在"罪谤交织，群疑当道"的地位，不敢与外界通信。直到他收到父亲的故交许孟容的来信后，才恢复了与外界的通信。他开始向位高权重者四处投送书启，其中就包括了武元衡，这么做看似荒谬，实则是为自己的复出求援，以实现自己的政治梦想。每到夜深人静的时候，读着这些书启，凄切的语气总是让我心中涌来一阵阵的悲凉。这和当年韩愈四处投书以求任用几乎没有任何区别，不同的是一个是赋闲，另一个是谪吏。

元和四年（809 年），柳宗元已在永州度过了五个年头。按照当时的惯例，贬官一般二年或五年后可以"量移"，刚好这一年册立太子，大赦天下，柳宗元身在长安的亲朋故旧都认为等到了时机，写信告诉柳宗元。柳宗元似乎在茫茫黑夜里看到了一丝光明，心头又燃烧起灿烂的火光。他一连给亲友写了好几封信，希望他们帮助自己，结果，这些信都如泥牛入海。

"万方新雨露，吹不到边城。"希望之火很快就熄灭了，北归之路被彻底斩断。

四

临近中午时分，永州的街头，车和人多了起来，在雨中交织成一条长龙。我们的车沿着潇水缓缓而行，穿过江边那一排苍郁的树木，以及和树木隔街相望的低矮的屋子，再向左拐一个大弯，愚溪就走进了我的视野。

不宽也不窄，不紧也不慢，在各种枝丫的覆盖下钻了出来，是否还保持着唐时的姿势？

北归之梦彻底破灭，柳宗元暂时放下了对朝廷的幻想，有了"甘为永州民"的打算，元和五年，他毅然从龙兴寺搬了出来，在冉溪旁买了个小丘，构筑自己的新家，并将冉溪改名为愚溪，将新居的名字取为愚堂。

以愚为名，没有前人，想来也不会有来者。一个愚字，不知是对现实的嘲讽还是对自己内心的抚慰？是"邦无道则愚"还是"终日不违如愚"？

草堂四周围着篱笆，到了秋天，篱笆边如云的菊花绽放，竹篱茅舍掩着一抹恬静的秋光，是否暗示着采菊东篱？庭院里奇石罗列，嘉草葳蕤，有芍药、早梅，也有结柚、红蕉和海石榴。四时不断的花事，蕴藏着寻常人家的烟火气息。附近，丘、泉、沟、池、亭、岛与溪、堂合为八景，号为八愚。柳宗元在《愚溪诗序》里说，"溪虽莫利于世，而善鉴万类，清莹秀澈，锵鸣金石，能使愚者喜笑眷慕，乐而不能去也。"俯仰之间，用"愚"来观照万类，或许这就是以"愚"命名的真实意图。

居住在愚溪后，柳宗元开始求医问药，积极治疗自己的疾病。交往圈子也发生了变化，不再像刚到永州时，局限在化外之交。一类是刘禹锡、韩愈这些故交，但山遥水远，加上"谪吏"的身份，所以无法谋面，仅仅止于互通书信。另一类是追慕而来的青年学子，但这是一个敏感的群体，"仆避师名久矣"。避师名的真实原因，是"惧而不为"。敏感的身份，让柳宗元不得不谨小慎微，尽管如此，他对青年学子的求教还是热心给予帮助。韩愈说，衡湘以南地区考中进士的人，基本都是向柳宗元拜过师的。还有一类是最重要的，就是同是天涯沦落人的"谪吏"，永州多谪吏，吴武陵、李幼清、南承嗣，这些人，人品学问都不错，大家一起唱和，切磋学问。尤其是吴武陵，更是视为知己。随着交往圈子的扩大，柳宗元恶劣的心情渐渐有了改变。

读书，是柳宗元另一种疗伤的方式，中国文人，在不得意时，都以读书著书视为一种解脱自己的方式。"能著书，断往古，明圣法，以致无穷之名。"北归的路阻断了，这是柳宗元想到的唯一可行的另一条路。但在这蛮荒之地，可读的书并不多。柳宗元在长安有赐书三千卷，但南下时，因为路途遥远，只带了一小部分，几次火灾，又烧毁了不少。他只好慢慢搜罗了几百册，一头扎进这些书中。

除了读书著书，柳宗元和新结识的同好游历山水，乐山水以消忧。"其隙也，施施而行，漫漫而游，日与其徒上高山，入深林，穷回溪，幽泉怪石，无远不到。"

元和四年（809 年）九月，深秋的黄叶凋零一地，柳宗元坐在自己修筑的法华寺的西亭里，突然发现了西山不同寻常之处，于是叫上仆人，渡过湘江，烧掉干枯的茅草，砍伐灌木，一路攀上山巅。千里之外的景物赫然入目，青山白水相互缠绕，蓝色的天幕似穹庐低垂，万物与它紧紧相拥，以至于"苍然暮色，自远而至，至无所见，而犹不欲归"。他暂时忘却了心中的伤痛，沉浸在自然的造化之中。

八天后，又发现了钴锅潭西边的一个小丘，这是一户唐姓人家废弃的土地，想卖却卖不出去。柳宗元花四百两银子买下来，铲掉荒草，砍去杂树，一把火烧了，于是"嘉木立，美竹露，奇石显"。不到十天，得到两处美景，柳宗元为自己的收获感到幸运。

接着柳宗元沿着潇水往上走，发现了袁家渴、石渠、石涧。然后，又在相反的方向，觅得了小石城山。柳宗元误把潇水当成了湘江，他向着潇水往西南方向走，过了朝阳岩、百家濑，就到了河流大拐弯的地方，看到了一片水流回环的绝妙景观。那就是袁家渴，即有袁氏居住的河流拐弯处水流回环的地方。

因为自己独特的身份，柳宗元始终没有走得太远。他以永州城为圆心，一直在半径十几里的那片山水中流连。

但这已经够了。一方永山永水，有幽兰空谷，奇木怪石，足够他游目骋怀，陶然忘机，去不去更远的地方，已经无所谓了。

但柳宗元还是去了一次"远地方"。他一直走出了七十多里地，走到了阳明山麓，并循着一条叫黄溪的小河往山间深入了数里之远，去寻找他心中的桃源。

这是唯一的一次例外。那时他来到永州已经八年了。

元和十年（815 年），柳宗元终于接到了回京的诏令，同时回朝的还有刘禹锡等四人，这些人都是永贞革新留下的精英。为了这封诏书，柳宗元苦苦盼望了十年。大年刚过，四处涌动着料峭春寒，但他难以抑制心中的激动，匆匆收拾，便踏上了北归的路途。

一样从湘口馆登船，一样是江风掀起青衫的襟带，只是心境迥异于十年前，仿佛挣脱了一场噩梦的围追堵截，归心似箭，轻舟如飞。

又一次经过汨罗江口的屈原祠，笔下的情绪不再是《吊屈原赋》时的愤懑，而是明快中充满了热切的期待。

南来不作楚臣悲，重入修门自有期。为报春风汨罗道，莫将波浪枉明时。

仅仅用了一个月的时间，柳宗元兴冲冲地回到了阔别十年的长安。经过灞桥时，亭阁依旧，柳芽摇风，联想到那年冬天凄惶离京的情景，万般感慨袭上心头，一首《诏追赴都二月至灞亭上》挥笔而就：

十一年前南渡客，四千里外北归人。诏书许逐阳和至，驿路开花处处新。

可能是急于用世，也可能是文人心态的使然，还有可能是瑰丽的政治梦想冲淡了残酷的现实，十年的悲楚，依然没有磨灭柳宗元那份率真。自从接到北归的诏书后，他的心中，又像参与革新时那样，填满了理想主义的色彩。以为从此可以鲲鹏展翅，扶摇直上九天。

不料一向快人快语的刘禹锡两句诗捅出了大娄子："玄都观里桃千树，尽是刘郎去后栽！"当天就有人抄给皇帝看，并加以渲染，说诗句极其张扬，以胜利者的姿态自居，大有卷土重来之意。唐宪宗本来就不喜欢这些当年极力反对立自己为太子的人，很快从牙缝里蹦出一句话来：那就打发他们走吧！又一次从希望垂直跌到绝望，柳宗元欲哭无泪："十年憔悴到秦京，谁料翻为岭外行！"他拖着带病之躯，再一次踏上被贬谪的道路，从此郁郁寡欢，4 年以后凄凉地死在柳州，时年 47 岁。

五

柳子庙紧靠着愚溪，后面是青山，眉线一展，直插到天际。黛青色的瓦楞，掩着灰白的院墙，翘起的檐角正滴滴答答滴着水珠，就像一幅刚刚写好的水墨，浓淡之间，流淌着悲凉的笔意和苍劲的精神。

这是一座砖木结构的建筑，建于北宋至和三年，因为年久失修，清光绪 3 年重修，面积达 2000 多平方米。或许是时节不对，里面游人并不多，三三两两，没有人说话，只有雨点嗖嗖的响声。脚下的青砖很整齐，将地面格式化，从天井的瓦檐望过去，是被切割的潮湿的天空。走在这样的回廊里，能感觉到时间的凝固。

正殿的后墙上，是著名的《荔子碑》，一共四块，石碑漫上了一层浅浅的青苔，但字迹仍然十分清晰，淳道古劲掩饰不住世道苍茫，横点竖点，都是一声叹息。这块碑的碑文为韩愈所撰，由苏轼书写，内容是颂扬柳宗元的事迹，故世人称"三绝碑"。柳子庙的大门联便是集《荔子碑》佳句而得："山水来归，黄蕉丹荔；春秋报事，福我寿民。"

后殿宽大，因为宽大，所以显得空寂。我进去的时候，里面一个人也没有，只剩下我的脚步声，响在来回的风声里。正中是柳宗元的雕像，手握书卷，若有所思。

柳宗元并不想以文章名世，他曾给大理寺卿崔做写过信，表示自己不愿意做一个"探奥义、穷章句"的腐儒。他更愿意做一个思想家，用自己的思想去挽救那个积重难返的王朝。但在那个君君臣臣的封建专制时代，皇上需要的是顺臣，不是思想，你一旦有了"出格"的思想，皇上就会操起钢刀，像割茅草一样将你的思想割掉。如果他能像韩愈说的那样"自贵重顾籍"，做一个"顺臣"，将头磕得朝堂上的地砖咚咚作响，扯着嗓子山呼万岁，自然就不会遭到贬斥。当然，那样，中国历史上顶多也就多一个知名的官僚，多几篇唱和风月的文字。

柳宗元浪迹于山水，醉翁之意不在酒，也不在山水之间。这一点，从他的山水文章里，处处显露端倪，随便拿几个句子便看得出来。"到则披草而坐，倾壶而醉，醉则更相枕以卧，卧而梦。意有所极，梦亦同趣。"到了就坐在草上，把酒喝光喝醉，醉了就互相靠着睡，睡着了就做梦，心中想什么，就梦见什么。这是一种醉生梦死近乎颓废的生活状态，真正沉醉山水物我两忘者，怎么会这样呢？心中想的是什么？梦见的又是什么？已经不言而喻了。

有这样一个细节，一个长安的朋友去永州看望他，见他一副乐观的样子，便对他说："今余视子之貌，浩浩然也，能是达矣，余无以啙矣，敢更以为贺。"他回答说："嘻笑之怒，甚乎裂眦；长歌之哀，过于恸哭。庸讵知吾之浩浩，非戚戚之尤者乎。"

　　柳宗元出身于一个显赫的家族，在北朝时，柳氏是著名的门阀士族，柳、薛、裴被并称为"河东三著姓"。柳宗元曾自豪地说："柳族之分，在北为高。充于史氏，世相重侯。"自北魏以来，柳宗元的祖先世代显宦，到唐朝，河东柳氏作为"关陇集团"的一个有势力的家族，在朝廷中据有显赫的地位。仅高宗一朝，柳氏家族同时居官尚书省的就有20多人。柳宗元的父亲柳镇，在玄宗天宝末曾做过太常博士，安史之乱后又继续为官。柳宗元的家庭出身，使他始终保持着对祖先"德风"与"功业"的向往。他常常以自豪的语气，叙说祖上的地位与荣耀，表现出强烈的重振"吾宗"的愿望和对功名的追求。

　　父亲柳镇的人品和学识也深深地影响着柳宗元。柳镇深明经术，"得《诗》之群，《书》之政，《易》之直、方、大，《春秋》之惩劝，以植于内而文于外，垂声当时"。他信奉的是传统的儒学，但并不是一个迂腐刻板不达世务的儒生。长期任职于府、县，对现实社会有深入的了解，养成了积极用世的态度和刚直不阿的品德。他能诗善文，曾与当时有名的诗人李益唱和，李益对他相当推崇。

　　这几点铸就了柳宗元积极用世的思想，"士志于道"，"居庙堂之高则忧其民，处江湖之远则忧其君"。在永州的十年，他一直怀揣着自己的政治梦想，从未真正放弃北归的希望。这是他一生中最为孤独的十年，内心一直在希望和绝望中痛苦无奈地挣扎。

　　在政治前途无望的挣扎里，在沐浴山水灵性的光辉中，柳宗元心中的孤独和痛苦都化作了文字。他一生留下六百多篇诗词文章，有四百多篇写于永州，而备受推崇的就是那些山水游记，高简闲淡，刻画入微，寄托深远，开山水散文之先河，人称"山水散文之祖"，金圣叹评价"笔笔眼前小景，笔笔天外奇情"。而成就这些文字的，恰恰是永州。

他与韩愈虽然政见不同，但私交甚笃，通过写信来交流文学观点，碰撞出思想的火花，其中最主要的有八篇，通常称为"论文八书"，这八封书信成为指导唐代"古文运动"的纲领性文件。从此韩柳并称，成为中唐文坛上的泰山北斗。

韩愈在《柳子厚墓志铭》中说："然子厚斥不久，穷不极，虽有出于人，其文学辞章，必不能自力以致必传于后如今，无疑也。虽使子厚得所愿，为将相于一时，以彼易此，孰得孰失，必有能辩之者。"到底是韩文公，寥寥几句，入木三分，一针见血。将相之官威与文章之名世，谁轻谁重，还用得着分辨吗？历朝历代，有多少人如走马灯一样在历史的舞台上抖尽了将相的威风，到今天，还有谁记得清楚？他们的名字，早已湮没在浩如烟海的卷帙里；他们的肉体，已化作某一个荒丘里的尘埃，成为历史的一缕云烟。

唯有柳宗元还活着，活着的是他的灵魂，用文字构筑的强大的灵魂。融入一条名叫文化的河流，穿越时空，一千多年来奔流不息。

因为柳宗元，人们记住了永州。同样，永州人没有忘记柳宗元，择一处好山好水，为他修建了庙宇，安放一颗孤独的灵魂。这样似乎还不够，一颗孤独的灵魂要用什么来抚慰？永州人选择了一种类似祭祀神灵的典仪，每年农历七月十三柳宗元生日这一天，老百姓都要鸣放鞭炮，杀猪宰羊、演戏、舞狮子、赶庙会，像过节日一样热热闹闹。对老百姓而言，没有更好的选择，或者，这已经是最好的选择。这种贴近世俗的热闹，不仅仅是在缅怀柳宗元这个属于这片土地的故人。

离开柳子庙，雨慢慢小了。拐过一道弯，便是湘江，因为下雨的缘故，江水涨了，开始浩荡奔腾。

故乡以外的土地

　　江南的浅秋似乎是不着痕迹的。花草一如往日透着腾腾的霸气，远山依然俊朗和健硕。只有夜幕重掩时分，凉气才侵过绿色的窗纱，丝丝缕缕地爬了开来。

　　而秋天的第一只脚刚搭上西南山脊的时候，就是另一番景况了。风夹着斑斑雨星从突兀的山岭间掠过，风雨声里，虫声渐渐匿迹，蝉唱开始消停。偶尔还能见着几片轻红的落叶，在空中无奈地翻转，空阔处，凉气开始毫无顾忌地奔突。那年的早秋，我在那个天无三日晴地无三尺平的高原，如此一风，如此一雨，蝉虫如此一静，秋意便涨潮一般攻占了我的心头。

　　那是我第一次抵达千里之遥的故乡以外的土地。

　　我对故乡的定义一直比较简单，那个千百年来被吟唱得勾人心魄的词语，在我的眼里，几乎没有多少内涵，无非就是我那个生长于斯的村庄。是随意横陈的村舍，昂首高歌的水稻，横亘如黛的青山。是青青河边草，郁郁园中柳。那些了然在目的平常景致，当然不是某一首诗歌的意象，它只是我故乡的基调和底色，多少年来，已习惯了这种简单和宁静，宁静得带着一丝透明的忧伤。在高原深处那个寨子里，我一次次把那些底色勾勒，每勾一笔，都牵出我漠漠无边的惆怅。

　　前两年的夏天，我借宿在张家界的一座山顶，那里有一个小山洼，上十户人家，青砖碧瓦，水墨画一般润在山脚。门前的菜地里，苦瓜爬满了藤蔓，苞谷桀骜着头颅。夜色中，流萤划过一道道似有还无的光纹，屋后，山峦如海岸线一般起伏。那些都是我在村庄熟稔的章节，透出丝丝缕缕的亲切和随意。爬了一天的山，倒在床上，困意气势汹汹地袭了上来。而正在这时，窗外的虫声来了，高高低低，起起落落，远远近近，把长驱而来的睡意搅得缭乱如织。感觉就像荡着一叶孤舟，在黝黑的海面漂浮不定。尽管，这已不知是我多少次停留在故乡以外的土地。

在我那个比巴掌大不了多少的村庄里，自我懂事以前，走出故乡的人少得可怜。多数的乡亲，都是日出而作，日落而息，劳劳碌碌，终老于榛莽丛生的山林。按老辈子人的说法，那叫"乡里狮子乡里滚"。大凡能走出故乡的人，都是肩膀上能跑马的角色。我的父亲本分而木讷，一生没走出过故乡，我的祖父也就去过临省的袁州，他老人家到底少了几分豪气，袁州以外的土地就再也不敢涉足了。但到老来，仍不忘喋喋不休地向我们说起袁州的繁华与浩阔。

由此可见，故乡以外的土地是充满了诱惑力的。要不怎会有那么多的人离乡背井，行色匆匆？那里的土地或许贫瘠，那里的天空或许有几丝诡异的云彩，那里的人们或许脸上还带着几分狡黠，但这些都无法阻止四面八方排闼而来的脚步。阡陌故道，西风瘦雨，车辚辚，马萧萧，山高水阔，关河重重，一茬背影消失在山畔或者渡口，另一茬又紧接着来了，身后，留下杂沓的马蹄，滞重的车辙，留下衰草披离，残阳如血。这样风雨兼程，都只是为了那一片故乡以外的土地。因为，在那一片土地上，你可以挥手风云，令天地作色，你也可以困顿潦倒，像一条狗一样活着，你还可以像杜牧年轻时那样，十年一觉，如梦一般飘过。没有人会对你指手画脚，或者报以闪烁不定的目光。于是，在这片梦幻与陷阱交织的土地上，有了直挂云帆济沧海，有了将船买酒白云边，有了何当共剪西窗烛，有了高高秋月照长城。在那片土地上，什么都可以生长，激情、浪漫、豪气、堕落，慈母的白发，深闺的遥望，稚儿的啼哭，暮云春树，落叶屋梁……但有一种情怀却永远不可能有，那就是采菊东篱下，悠然见南山。纵使你修炼千年，有苏子的旷达，醉翁的潇洒。

数千年来，在国人的潜意识里，都有一种叶落归根的观念，不管是文人士大夫，还是贩夫走卒引车买浆者流，都难脱这一窠臼。当岁月在脸上开凿出千沟万壑时，年少时的疏狂已经收敛，与命运昏天黑地厮杀一场的豪气已经消沉。显赫不重要，平庸不重要，发达不重要，困顿也不重要。抚摸着两鬓秋霜，留到最后的只有一声长长的叹息：是的，蹦跶了大半生，一切都该谢幕了。这个时候才发现，故乡的一口老井，一树梅花，或者一处草垛，那才是心灵皈依的地方。所谓"老骥伏枥，志在千里，烈士暮年，壮心不已"，这多少有些无奈和自慰的成分，更多的恐怕是"夕阳无限好，只是近黄昏"的惆怅和忧伤。"葬我于高山之上兮，望我故乡，故乡不可见兮，永不能忘。"一位年近八旬的老人，在生命垂暮之际，握笔挥毫，写下了这样的句子。故乡就在一水之隔，却如关山万重，今生难度，故国山河，满目空念，乡愁更兼国愁，读来让人心底恻然，五味杂陈。

在我的心中，对故乡以外的土地始终存有一份渴念，这一份渴念，也许深藏在每一个人的心中，但多数人心中的那一份渴念，就像路边的杂草，春风每过一次，就会发一次芽，但还没等到秋天便谢了。我不知道有多少人仍在故乡以外的土地上驻足，在飒飒西风中奔走，在漫天风雨中蹒跚，在灯火阑珊处穿行。在那片土地上，他们放逐浪漫和豪情，但是，他们那一份惆怅和忧伤，又该往何处栖息？

怅望双枫浦

双枫浦的出名，不仅仅是当年纤巧的石桥和高耸的双枫。

这里，曾有个迷人的传说：盛夏之夜，南风熏拂，金鲤成群，相互咬尾。溯流而上。其时渔船游弋，灯火点点，樵夫负薪，踏月归来。文字所描述的，堪称一幅绝美的江南水乡图画。美虽美到了极致，毕竟，这只是传说，是当地文人们信手涂抹，并不足信。但双枫浦历来是文人墨客们吟哦流连的地方，这倒不假。

"白云一片去悠悠，青枫浦上不胜愁。"这是唐代诗人张若虚《春江花月夜》中的句子，华东师范大学出版社1993年出版的《大学语文》对青枫浦的解释为"青枫浦，一名双枫浦，在今湖南浏阳县南浏水中。"张若虚的诗作多数散失，《全唐诗》仅录存其两首，但他以一首《春江花月夜》便跻身诗坛，名垂后世。张若虚是否到过双枫浦，说法不一，至今没有定论。这也正常，有史以来，文坛上的争论，都是些扯皮官司，公说公有理，婆说理又长，哪怕吵得沸沸扬扬，争得面红耳赤，最后都不了了之。

而我，却偏向于他到过双枫浦的说法。那应该是一个落花时节。他从湘江进浏水，乘舟而上，在双枫浦弃舟登岸，迈着方步，踱过那座横跨河面的雕栏石桥，在一棵苍老的枫树下伫立。目及处，浏阳河烟波浩渺，烟水尽头，远村暖暖，山峦重叠，几朵褪色的红杜鹃孤零零地点缀山间。头顶，枫叶如遮如盖，透过细细的缝隙，缕缕白云正向天边缓缓移去。面对此情此景，诗人神游八极，思接千载。若干年后，当他在孤灯下铺纸凝眉，写作《春江花月夜》时，这情景在他脑海中倏然回放，于是挥毫泼墨，将其情其景写进了这一千古名篇。

这当然只是我一厢情愿的设想，没有可资证明的历史依据。不管张若虚是否到过双枫浦，但有一点足以证明：双枫浦既然走进了张若虚这位大诗人的笔下，走进了《春江花月夜》这样的经典，其声名流布之远已不言而喻。

时隔不久，双枫浦有幸真正迎来了一位伟大的诗人。

那是张若虚辞世约 50 年后，无家可归的诗圣杜甫自巴蜀出三峡，泛舟江汉，在岳阳楼写下"吴楚东南坼，乾坤日夜浮"的名句后，再入湘江，向潭州进发。这次，他准备经潭州投奔旧日好友，时任衡州刺史的韦之晋，未料故友调任后暴卒。杜甫衣食无着，暂时栖身在湘江之上的小舟中。滔滔江面上，秋风寒雨，小舟漂摇，舟中躺着贫病交加满目凄怆的诗人。

这期间的一个秋天，杜甫青衫布履，驾一叶扁舟，溯流而上，河面一片空茫，清波悠悠，桨声欸乃。来到双枫浦时，被这里的景致倾倒，系舟登岸。他徘徊其间，脚步踉跄，远处传来了一声悠长的钟声，夹裹着沉沉暮气，震落的一枚枫叶，轻悠而下。他触景生情，想到国事日衰，自己孤独老病，颠沛流离，不由悲从中来，涕泪横流间，一咏三叹，写下了饱蘸情感的《双枫浦》：

> 辍棹双枫浦，双枫旧已催。
> 自惊衰谢力，不道栋梁材。
> 浪足浮纱帽，皮须截锦苔。
> 江边地有主，暂借上天回。

　　杜甫在湖南辗转一年多后，便在忧愤中匆匆离世。谁也没有料到，《双枫浦》会是杜甫最后的诗作之一。一位伟大的诗人离去了，却留下了闪光的思想和永恒的吟唱，留下了不屈的诗魂。而双枫浦，因为这一首诗，更是名动一时，蜚声湖湘。

　　一个晴好的黄昏，我几番寻觅来到双枫浦，石桥不存，双枫已催，夹岸便生榛莽，河水浩浩荡荡而去。西风残照里，双枫浦冷峻如一位远古的老人。寂寞地立在城市之外，立在车马喧嚣之外，诉说着千百年来的沧桑。这是张若虚笔下的双枫浦吗？这是老杜当年吟哦的双枫浦吗？我深深地疑惑了。但仔细一打听，这确实是双枫浦，是当地居民叫作浦梓港的地方。历史一页页无情翻过，正如许多名胜古迹一样，辉煌与衰落，繁荣与幻灭，仿佛就在一瞬，让人感喟唏嘘不已。

　　什么时候，双枫浦不会再淹没在榛莽之间呢？我心底一片怅然。